SURVIVORS 首部曲之 I

狗勇士
倖存者

THE EMPTY CITY

艾琳・杭特◎著 盧相如◎譯

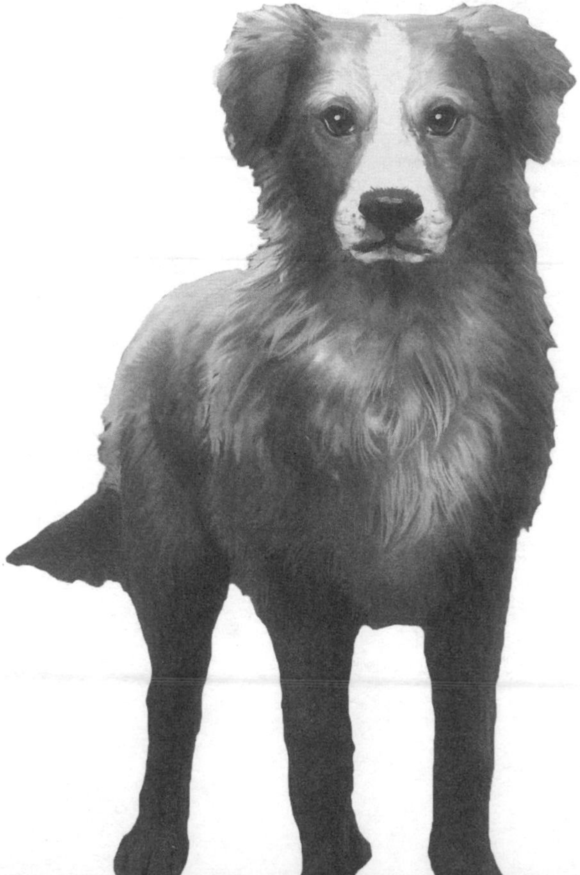

晨星出版

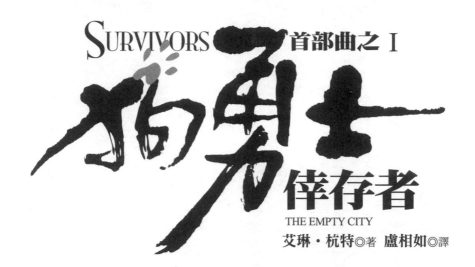

熱情——從《貓戰士》到《狗勇士》的創作、閱讀傳奇

知名作家及廣播主持人 光禹

當大家還沉浸在《貓戰士》五部曲及外傳裡，光明勢力的榮辱聖戰時，艾琳．杭特已帶領另一批新的《狗勇士》，準備再以迅雷不及掩耳的速度，攻佔每個讀者等待傳奇再起的心靈。

「艾琳．杭特，妳不睡覺的嗎？或者連睡覺時，妳都在夢中不停的構思故事劇情呢？」相信許多讀者都想提出這樣的疑問！因爲多年來，《貓戰士》系列故事將近發行了三十本，記錄難以超越。而全球萬千讀者，也締造了瞬間爆量、欲罷不能的閱讀風潮。這樣的創作能量和閱讀動能，眞的很熱血、很熱情，簡直像火山爆發一樣的澎湃、壯盛。

有一次我在廣播節目中推薦介紹這套書時，卻有位憂心忡忡的媽媽打電話來提醒我：聽我節目的青少年很多（包括她唸國一的女兒），希望我能多介紹些歷史、地理或經典文學類的書籍，因爲她很怕孩子們在升學壓力下，還浪費課餘時間閱讀這類不切實

際的奇幻文學，「將來考試又不會考，對他們一點幫助也沒有！」她說。面對她的好意跟擔憂，我能理解，但這該怎麼說呢……

後來，一個來不及接進現場的小學五年級小聽友，私下在新聞時間中，很興奮地透過電話，頭頭是道的和我分享《貓戰士》中的景物描寫是如何生動立體，他說他只要從角色的外型和肢體動作的描述下，就能猜出它是哪一族的《貓戰士》（天啊！三十多本書中出現過的角色，超過一百多位啊！）接著，他還如數家珍地跟我介紹，爲什麼他喜歡火星和棘爪這兩位戰士，另外他覺得在三力量中，獅焰又比冬青葉、松鴉羽更神勇，因爲有……「停！你學校的功課有沒有背的這麼熟啊？」雖然我故意笑著跟他這麼說，但我其實是聽的嘖嘖稱奇、萬分佩服。

我認爲孩子在閱讀他們喜愛的讀物時，都像個熱情的勇士，就算字數再多、情節再複雜，他們一點也不害怕。「我希望自已將來也可以寫出這麼棒的故事，讓全世界都看到……」結束電話前，他充滿信心地說。

「只要不是不好的、不健康的書，先不要去剝奪孩子在閱讀上的樂趣，尤其是他自已選擇、喜愛的讀物。」後來有一次和某雜誌主編討論到《專家給孩子的閱讀推薦》這個主題時，她提供教育專家的這個觀念，我內心聽得頗有共鳴。想想現在孩子課業的壓力如此繁重，學校指定的課外讀物也不少，讓孩子在課餘保有一點時間，自在的閱讀、有熱情的閱讀，絕對是他成長中最棒的禮物。

「讀喜愛的書時，孩子腦中勾勒、聯結、思辨、感受的龐大工程，通通在閱讀中激烈、多工的運行著，這時他所吸收消化的，一定比你指定給他的內容更豐富、更深刻。」主編說。「如果孩子充滿熱情的一本接一本、津津有味的讀著，那就代表他有能力自在的領受文字世界的美好，也代表他開始有能力細細品味生活的細節。」

可不是嗎？創作有熱情時，作者會下筆如「瀑布」，浩浩蕩蕩；而閱讀時有熱情時，讀者內心猶如泛舟，千里奔流不歇。而浩蕩、奔流之後，豐富的收穫和開闊的景致，必定自然而來、渾然天成，不必一開始就擔心太多、算計太精。

所以我想，如果下次那位憂心忡忡的媽媽再打電話進來時，我會告訴她：《狗勇士》來了，妳別怕！妳只要放下心、放入感情，跟著妳的孩子，進入這次艾琳·杭特筆下這個我們都不陌生的故事場景——充滿現實殘酷、卻又深藏動人友誼的都市叢林，然後陪著流浪漂泊的狗勇士幸運，經歷他辛苦蛻變、勇敢成長的軌跡，妳一定會和孩子一樣愛上這個故事，而且也會明白，創作這件事很不簡單，而孩子擁有課餘自在閱讀的時間，眞的有其必要，也充滿不簡單的意義。

喔對了！我相信那位五年級的小讀者，一定也會參與這次《狗勇士》的成長之旅，而且我相信多年後，他眞的有可能會成爲像艾琳・杭特，或者像J.K羅琳或史帝芬・金那麼會說故事、那麼充滿創作熱情的大作家。我拭目以待！

編輯補充：光禹老師推薦序撰寫時《貓戰士》已出版的數量爲三十本，而2019年已出版五十餘本（包含外傳）。

購物商城
長爪的
毀壞屋子
陷阱屋（收容所）
城市

森林
美食屋

狗勇士 征戰世界名詞解釋

- **繞圈儀式**（ritual circle），狗睡前圈地抓整臥鋪的儀式。
- **風暴之犬**（Storm of Dogs），爭相掠奪地盤的一場大戰，暴風雨。
- **天犬**（Sky-dogs），意指天空。狗世界的上帝。
- **地犬**（Earth-dogs），意指大地，廣義可指自然萬物。狗世界認為萬物死亡終歸地犬所有。
- **長爪**（longpaw），意指人類。
- **陷阱屋**（Trap House），意指動物收容所。
- **大咆哮**（The Big Growl），意指摧毀城市的大地震。
- **透明石**（clear-stone），意指玻璃。
- **快腿犬**（Swift-Dog），四肢細長的狗，其奔跑速度快。多指靈緹（格雷伊獵犬）。
- **獨行犬**（Lone dog），不隸屬狗幫，獨來獨往，自食其力的狗。
- **狗幫**（dog pack），有首領艾爾帕、副首領貝塔等組織的狗群。有其律法、幫規必須遵守。
- **籠車**（loudcage），意指汽車。
- **艾爾帕**（Alpha），狗幫中的首領，發號施令，負起帶領狗幫責任的老大。
- **太陽犬**（Sun-dogs），即太陽。

- **美食屋**（Food House），意指人類的餐廳。
- **栓鍊犬**（Leashed Dog），與人類同住，享有人類照料吃住的狗。
- **腐食桶**（spoil-boxes），意指人類的廚餘桶。
- **臭味桶**（smell-box），意指人類的垃圾桶。
- **利爪**（sharpclaw），意指貓咪。
- **水泥牢籠**（stone cage），人類居住的公寓。
- **猛犬**（Fierce Dogs），皮毛黝黑、體型纖瘦，有堅挺的雙耳與口鼻。多指杜賓犬。
- **無日**（no-sun），意指夜晚。
- **長爪皮毛**（longpaw's fur），人類的衣服，外衣。
- **農場犬**（Farm-Work Dog），意指牧羊犬，多指邊境牧羊犬。
- **戰鬥犬**（Fight Dog），訓練有素可攻擊、戰鬥的狗，多指德國牧羊犬。
- **月犬**（Moon-Dog），意指月亮。
- **歐米茄**（Omega），狗幫中地位最低的層級。不得狩獵或守衛，需要聽命於狗幫中的所有狗，沒有獲得艾爾帕允許，甚至不得擅自離開狗幫地盤。

角色介紹

幸運

類型：獨行犬
性格：聰明和獨立
特徵：金色長毛的喜樂蒂獵犬，幼年叫亞普
特殊技能：狩獵

麥基

類型：拴鍊犬
性格：忠實、警覺性高
特徵：領悟力極高且動作敏捷的母邊境牧羊犬
特殊技能：放牧、狩獵

布魯諾

類型：拴鍊犬
性格：擅於保護、強壯
特徵：強壯的混種德國牧羊犬
特殊技能：未知

瑪莎

類型：拴鍊犬
性格：體恤、關懷
特徵：個性溫柔與善良的紐芬蘭犬，腳有蹼，擅長游泳，是一個真正的鬥士
特殊技能：游泳

貝拉

類型：拴鍊犬
性格：體恤、勇敢
特徵：金色長毛的喜樂蒂獵犬，是幸運的妹妹，幼年叫嘰喳
特殊技能：領導

陽光

類型：拴鍊犬
性格：膽小、抗拒改變
特徵：責任心強的長毛馬爾濟斯
特殊技能：嗅覺靈敏

序言

亞普扭動身子，打個呵欠，激動地低吠了一聲。同窩的手足們緊挨著他，睡得暖呼呼的。四肢、口鼻全擠在一塊兒，就連微弱急促的心跳聲也感覺得到。嘰喳趴躺在亞普身上，一隻腳爪扎到亞普的眼睛，亞普甩甩頭，轉身，結果害嘰喳翻了下去。嘰喳像平常那樣發起牢騷，於是亞普舔舔她的鼻子，表達自己的無心之過。

狗媽媽凝望著孩子，湊近鼻子將他們歸位，舔舐著他們的臉。在躺臥到孩子身邊準備入睡前，她照例進行睡前的繞圈儀式。

「快醒醒，亞普！媽要開始說故事了。」又是嘰喳，她一如以往地霸道、老愛發號司令。狗媽媽充滿慈愛的用舌頭舔舔嘰喳，嘗試讓她不再吠叫。

「想不想聽風暴之犬的故事？」

亞普興奮得挺起背脊，他急切吠道：「好欸！」

「又是風暴之犬？」嘰喳咕噥著。

但她的手足們又叫又跳的，淹沒她的抱怨聲，「要！我們想聽風暴之犬的故事，媽媽！」

狗母親在這群幼犬的周圍坐定，尾巴一甩，聲音低沉而莊重。「這是關於閃電的故事，他是一隻動作敏捷迅速的狗勇士。他蒙受天犬的庇佑與保護……不過地犬十分嫉妒他，認為閃電活得夠久了，該是時候吞噬他的生命能量，結束他的生命，但是閃電動作之快無人能及，他能夠躲過地犬的奪命咆哮——逃離死神的魔掌！」

「我想跟閃電一樣。」約爾睡眼惺忪地喃喃說道：「我敢說，我也可以跑得像那樣快。」

「噓！」嘰喳舉起她的金毛爪壓住約爾的鼻子，制止他。亞普知道儘管嘰喳嘴裡抱怨，但她跟其他狗兒一樣對這個故事著迷不已。

「第一場大戰就此展開。」狗媽媽壓低聲音，繼續往下說。「也就是教人畏懼的風暴之犬，世界各地的狗兒們都爭相一睹是誰將成為這世界的統治者。征戰歲月裡流傳著許多傳說，眾多英雄在戰役中誕生、殞落。

「地犬心想：閃電終究逃不了一死。他的屍骨遲早會淪爲她的囊中物，好似這是她的權利。但是精明的閃電認爲憑藉自己迅雷不及掩耳的速度，肯定能夠再次躲避死神，於是地犬只能設下陷阱捕殺他。」

噗噗的耳朵縮了起來，緊貼著頭，「眞是殘忍！」

狗母親朝她湊近鼻子，安撫她，「不，一點都不殘忍，噗噗。地犬有權奪走閃電的性命，萬物皆是如此，我們的祖先死後，屍骨也會一樣回歸大地。」

突然間，四周一片寂靜，所有幼犬靜靜地聽著故事。

「閃電以飛快的速度逃離風暴之犬的魔爪，他的速度之快，讓一群征戰之犬都沒能來得及撕咬他的軀體。就在閃電快要突破重圍，快要脫困時，地犬發出一聲大咆哮，在閃電面前撕裂了地面，崩裂出一個大洞。」

即使亞普聽過千百遍了，他依舊屏住呼吸，跟手足緊緊依偎，腦中浮現閃電即將落入大地可怕的裂縫，任其吞噬的畫面……

「閃電奔馳的速度太快而停不下來，眼見裂開的大地將吞噬他。他害怕地犬最後將取走他的性命，但是閃電受天犬眷顧。

「就在閃電直墜而下將落入死神的魔爪之際，天犬颳起強勁的疾風，接住墜落的閃電，將他升起，捲入天空。閃電從此與天犬相伴至今。」

幼犬們緊緊簇擁著狗媽媽，抬頭凝視著她。

「閃電永遠都會在那兒嗎？」約爾問。

「永遠。當你見到天空發出閃光，天犬發出咆哮，就是閃電奔向地面，嘲笑地犬絕對抓不到他的時刻。」狗媽媽舔舐著亞普睡眼惺忪的臉，亞普睏得幾乎睜不開眼睛。「聽說如果有哪隻狗兒敢招惹地犬，將會掀起另一場大戰。狗兒們將開始彼此爭鬥，偉大的英雄也會因此誕生、殞落。」

約爾打了一個大哈欠，身體因為想睡而軟趴趴的。「但是不會太快發生吧？」

「噢，我們無從得知。可能很快發生，也可能不會。我們得留心各個徵兆。當世界傾覆、天崩地裂，風暴之犬將再度出現，我們得再次為生存而戰。」

亞普闔上眼皮，他喜歡隨著母親的故事入睡。他知道自己與手足每回都將伴隨著母親逐漸模糊的聲音進入夢鄉。狗媽媽蜷縮身子，守護著他，故事每回總結束在同樣的地方……

「當心哪，小傢伙們，留心風暴之犬的蹤影……」

第一章

幸運突然驚醒，恐懼朝他襲來，他的骨頭、他的毛髮。他跳了起來，發出嗥叫。

有那麼一刻，他以爲自己還是隻幼犬，與手足們彼此依偎，受到安全的保護，但是溫暖的美夢倏地消失，恐懼搔撓著幸運的皮膚，令人不寒而慄。如果他看得見朝他襲來的恐懼，他肯定會迎面奮戰——但是這隻巨獸是無形的，也聞不到牠的氣味。幸運嚇得發出哀鳴，這可不是什麼床邊故事，這恐懼的感覺再眞實不過。

他一心想要拔腿狂奔，驚慌失措中只能胡亂刨抓著、發出吠叫。受困在鐵籠內，他哪兒也去不了。口鼻因爲試圖穿越鐵欄杆間的縫隙而發疼，後退一步，同個鐵籠刺痛他的背脊，令他忍不住叫了出來。

其他狗兒離他很近……熟悉的夥伴、熟悉的氣味。他們跟幸運一樣都被關進這個駭人的地方。幸運抬起頭，一次又一次地吠叫，聲音高昂且急切，但是顯然沒有狗兒幫得了他。他的聲音被淹沒在一聲聲狂亂的叫聲裡。

他們全都被關了起來。

幸運驚惶失措不已，拚了命的刨抓地面，雖然他知道這麼做徒勞無功。

他聞到隔壁籠子傳來母快腿犬的氣味，原本友善、安撫人心的氣味，如今卻被充滿恐懼與危險的強烈氣味覆蓋。汪汪，他朝她靠近，感覺到她的身體顫抖。儘管鐵欄杆將他們分隔兩邊。

「甜心？甜心，大事不妙，壞事要臨頭了！」

「是啊，我感覺到了！怎麼回事？」

長爪……牠們到哪去了？長爪將他們抓到這個陷阱屋來，但不忘照顧他們，準備飲水與食物，提供睡覺的地方，清掃排泄物……

這會兒長爪該來找他們了。

其他狗兒同聲發出嗥叫，幸運跟著大家提高了音量。

長爪！長爪！地犬要來了……

幸運腳下似乎有東西在移動，鐵籠開始震動。但是傾刻間寂靜無聲，幸運蹲坐著，嚇得一動也不敢動。

接著，他的周圍以及頭頂上方突然爆發一陣劇烈聲響。不見身影的巨獸就在這裡……牠的爪子正踩在陷阱屋上方。

整個世界上下震盪、傾覆，幸運被甩向籠子另一邊。幸運痛苦得不知方向。巨獸將他翻來覆去，滾動的落石與碎石的撞擊聲響震耳欲聾。他的眼前一片模糊，一層層的灰煙遮蔽了他的視線。飽受驚嚇的狗兒們發出的尖銳叫喊聲與哀嚎聲，迴盪在幸運的腦袋裡。一大片牆面崩塌於幸運眼前的鐵籠上，幸運向後一躍。莫非是地犬要來奪走他的性命嗎？

說時遲、那時快，巨獸旋即消失。另一面牆接續倒塌，塵土飛揚，教人難以呼吸。高處的鐵籠塌陷墜落在地，扭曲的籠子咿呀作響。

接著，世界只剩一片沉寂，潮溼的氣味瀰漫四周。

血！幸運心想。**死亡**……

他的胃再度因為驚恐而翻攪。幸運倒臥在一旁，鐵籠壓在他的身上，他用力蹬腿，想要站起身來。鐵籠嘎嘎作響，一陣搖晃，他卻無法起身。

不！他心想。**我動彈不得**。

「幸運！幸運，你還好嗎？」

「甜心？你在哪裡？」

她的長臉探進毀損的鐵籠，推了推幸運的臉。「牆壁倒塌時，正好砸開了我籠子的門！當時我以爲自己死定了。幸運，我逃出來了，但你……」

「幫幫我，甜心！」

身旁微弱的嗚咽聲戛然停止，這意味著那隻狗慘遭不測了嗎？**不會的**。幸運不願這麼想，他發出嗥叫打破沉默。

「我可以把籠子拉開些，」甜心說，「你鐵籠的門也鬆脫了，我們應該能夠打開它。」甜心咬住鐵籠的門，然後用力拉扯。

幸運想辦法保持冷靜，一心只想把門踹開。他的後腿奮力一踢，伸長了脖子猛咬著鐵籠。甜心緩緩將鐵籠往前拉，偶爾停下來以腳掌撥開落石。

「好了，鐵籠的門又鬆開了一些。等我……」

但幸運可等不及，門的上方裂了開來，他扭開裂隙，然後以腳爪用力拉扯，用嘴咬開門。

鐵籠咿呀作響，幸運感到腳掌一陣強烈的刺痛。但此時鐵籠的門被撞得歪斜，幸運扭動身體，掙脫籠子，最後終於能站直身子。

他的尾巴緊緊夾在兩腿間，身體仍止不住顫抖。他與甜心瞪大了眼，望著眼前的屠殺場景，四周一片混亂，到處是破損的鐵籠與殘破的屍體。一隻毛髮柔順的小型犬倒臥在一旁，目光呆滯，沒有生命跡象。最後倒塌的那面牆底下，沒有任何動靜，只見殘堆瓦礫中伸出一隻虛軟無力的狗爪。死亡的氣味遍布著整間陷阱屋。

甜心難過地發出嗚咽：「剛剛是怎麼回事？發生了什麼事？」

「我想……」幸運聲音顫抖，試著繼續說道，「應該是發生了大咆哮。我曾經……我媽媽曾說過關於地犬的故事，還有她的咆哮。我認為這隻巨獸應該是大咆哮。」

「我們必須離開這裡！」甜心的哀鳴聲掩不住恐懼。

「是啊！」幸運緩緩後退，甩著頭，想要驅散死神的味道。但這味道卻緊追不捨，不斷竄進他的鼻子。

他焦急地環顧四周。塌陷的牆壓垮其他的狗籠，瓦礫成堆。明亮的光線穿透塵煙瀰漫的霧霾，從那照射進來。

「甜心，快朝那邊的瓦礫堆去。快！」

用不著催促，她立刻跳上那堆石頭。幸運因爲腳爪受了傷，只能小心翼翼地前進，他不安地四處張望，尋找長爪的蹤影。**見到這樣的殘破場面，長爪難道不會來嗎**？

他打了一個冷顫，加快腳步，跟在甜心後面逃出去，外面的街頭仍不見任何長爪的蹤影。

他一臉狐疑，停下腳步嗅聞著，氣味卻十分不尋常……

「我們快遠離陷阱屋吧，」他壓低聲音對甜心說，「我不知道究竟發生什麼事，但是我們必須在長爪回來前逃得遠遠的。」

甜心低著頭，突然悲鳴道：「幸運，我不認爲有任何長爪存活。」

他們不發一語，緩慢前行，一路上不斷有故障籠車發出的嚎叫聲從遠方傳來。威脅感於幸運的體內萌生，他熟知的通道與巷弄都已被斷垣殘壁堵住，但他不放棄，在殘破的建築中嗅聞著，穿過地面上彎曲纏繞的管線。幸運不管甜心怎麼想，他十分確定長爪隨時會回來，他想要在長爪回來前，趕緊遠離那滿目瘡痍的陷阱屋。

等到幸運認爲離陷阱屋夠遠，加上甜心再也走不動，該是休息的時候，天色已經一片漆黑。比起短跑衝刺，快腿犬或許並不擅於長途跋涉。

他回頭張望來時的路，地面的影子拉得好長，漆黑的角落成了適合棲身的地方。幸運忍不住打了一個寒顫，不知是否有其他飽受驚嚇且飢餓的動物躲藏在那裡？

爲了逃離大咆哮，他與甜心已精疲力竭。甜心倒臥在地之前，就連例行的睡前繞圈儀式都沒力氣完成，她累得把頭枕在前腳上，閉上不安的雙眼。幸運靠在她身旁取暖，尋求安慰。

我得保持清醒一段時間，他心想，**負責看守……沒錯……**

幸運嚇得醒過來，渾身顫抖，心跳加速。

他睡了整晚，夢境充斥著大咆哮在遠處發出的隆隆聲響，以及大排長龍，綿延不絕的長爪離他而去，伴隨著籠車發出的嚎叫與喧囂。這裡此時不見其他狗兒的蹤影，整座城市彷彿遭受遺棄。

多刺的灌木叢底下，甜心仍繼續睡著，光滑的身體隨著呼吸徐徐地上下起伏。儘管熟睡的甜心令他倍感安心，但此時他需要的並非是她溫暖熟睡的氣息，他必須喚醒她，要她保持警戒。他湊近甜心的長臉，舔舔她的耳朵，直到她發出滿足的低吟。她起身，嗅聞並舔舐著幸運作爲回應。

「你腳掌的傷勢如何，幸運？」

她的關心立刻讓他感覺到傷口的刺痛，幸運嗅嗅自己的腳掌。他的腳掌留下一道紅色痕跡，發炎的傷口隱隱作痛。他輕輕舔舐傷口，傷口差不多快癒合了，他可不想又弄得裂開流血。

「好多了。」語氣顯得樂觀，但是當他倆從濃密的灌木叢起身後，他的心情隨即一沉。

眼前是已經崩塌、嚴重傾斜震開的道路。因爲土地崩裂而暴露在外的長水管，噴出高高的水柱，在空氣中顯現七彩的顏色。此外，幸運觸目所及的城市大街也變得歪斜，只見高掛在天的太陽犬，將扭曲變形的金屬映照得閃閃發亮。記憶中曾經是花園的地方留下一灘平靜無波的水窪。高聳、堅固的長爪家園如今倒塌，頹圮一片，彷彿被長爪的巨拳揮了一下。

「都是大咆哮造成的……」甜心咕噥著，既驚又怕。

幸運也顫抖著。「甜心，長爪的事，我想你說對了。長爪牠們總是成群結隊，從不落單，但現在卻毫無蹤影……」他豎起耳朵，伸出舌頭嘗著，除了塵土與地底泥土的臭味外，沒有任何生命跡象的氣味，「就連籠車也毫無動靜。」

幸運往一隻斜傾的籠車方向看去，牠的前端半埋在頹圮的牆裡，鐵製的軀體閃現光澤，但已不再發出轟鳴聲，像是沒了生命。

甜心一臉驚恐。「我對牠們一無所知，你稱牠們是什麼？」

幸運狐疑地望著她，她竟然不知道籠車是什麼？

「籠車，長爪利用籠車到處移動，因爲牠們跑得沒有我們快。」

甜心對於長爪的最基本認知都毫無概念，這件事令幸運感到不可置信。想到自己將與甜心一起行動不免憂心忡忡。要想在困境中求生存，甜心顯然太過天眞。

幸運再次嗅聞著，城市的新氣味令他不安，腐爛的味道，死亡與岌岌可危的氣息流連於城市之中，久未消失。

這氣味聞上去不再有家的味道，他心想。

他踱步至水柱噴發的地方，地面破了好大一個洞。凹陷的地面積了一池油滑的水，池面閃耀著五彩顏色。幸運不喜歡池裡的氣味，覺得難聞極了，但他口渴得要命，顧不得這麼多了，大口大口舔著水喝，盡可能地不在意腐臭的味道，他瞄到一旁甜心的倒影也正舔舐著水喝。

甜心率先抬起頭，嘴邊還淌著水，她舔舔自己尖突的上顎。「太安靜了，」她咕噥著，毛髮豎起，「我們得快點離開這座長爪鎮，上山去找個空曠的地方。」

「這裡跟其他地方一樣安全。」幸運說，「我們說不定可以在長爪的巢穴裡找到吃的。而且相信我，也有很多適合藏身的地方。」

「也可能有很多躲著其他動物的地方，」她顯得不悅，「我不喜歡。」

「你在害怕什麼？」幸運看著甜心纖瘦的軀體與長腿，可以輕而易舉地越過高聳的草叢，「我敢說你奔跑的速度無人能及。」

「我可沒辦法應付轉角。」她緊張地左顧右盼，「城市裡有太多轉角，我適合在曠野奔跑，在那裡才跑得夠快。」

幸運環顧四周，甜心說得對，他們四周都是建築物，她的焦躁不安不是沒有原因。「那我們至少持續移動，長爪說不定還在附近蟄伏，不論我們是否看得見牠們，我可不想再回到陷阱屋。」

「我也不願意。」甜心附和，噘起的嘴露出白色牙齒。「我們必須找到其他狗兒，組成強大的狗幫！」

幸運遲疑地皺起鼻子，他不是那種狗，他向來不明白為何要跟一大群狗共同生活，彼此相互依賴，服從著一位幫主。他不需要其他狗的幫助，更不願意幫助其他狗，一想到要與其他狗兒相處，幸運不免起了雞皮疙瘩。

甜心顯然不這麼認為，他心想。

甜心興致來了，叨叨絮絮地說起故事。「你肯定會愛死了我的狗幫！我們一塊兒奔跑、覓食，追逐著兔子與老鼠……」她的語氣和緩下來，殷切地望著殘破城市外的郊區，「直到長爪出現，毀了這一切。」

甜心聲音中透露的悲傷令幸運忍不住問：「發生了什麼事？」

她甩了甩頭說道，「牠們數量眾多，將我們團團包圍，全都有著相同棕色的毛！牠們簇擁在一起，要將我們一網打盡。」她憤怒的低吼聲愈發強烈，「但是我們不願讓任何一隻狗落單，這是狗幫的律法。我們誓言團結一致，不論困苦或是喜樂。」甜心停頓下來，深黑色眼瞳變得縹緲，止不住發出嗚咽。

「狗幫跟你都被關進了陷阱屋？」幸運十分同情他們的遭遇。

「是啊。」她頓了頓，「等等，幸運，我們必須回去！」

甜心倏地轉過身去，幸運一個箭步衝到她面前，阻擋她的去路，

「不，甜心！」

「我們非回去不可！」

幸運擋住兩邊的路，不讓甜心有機會溜掉。

「他們都是狗幫的夥伴，我不能拋下他們，在確認他們生死前我不能離開！萬一其中仍有倖存者……」

「不，甜心！」幸運吠叫道，「你也知道那地方已經慘遭蹂躪！」

「我們或許遺漏了……」

「甜心。」幸運放緩語氣，小心地舔舔她悲傷的臉龐，「那地方已經毀了，他們全都命喪黃泉，去和地犬作伴了。我們不能在此地逗留，長爪很有可能隨時會回來……」

幸運說服了甜心，她最後回頭一瞥，才轉過身。起步時，她長嘆了一口氣。

幸運試圖掩飾他鬆了一口氣，與甜心並肩前行。他們每走兩步，身體便會輕微碰觸一塊兒。

「陷阱屋也有你的朋友嗎？」甜心問。

「我？」幸運語氣俏皮，想要逗甜心開心。「拜託，我可是隻獨行犬。」

甜心斜睨了幸運一眼。「我從沒聽過這種事，每隻狗都需要狗幫！」

「除了我，我喜歡單獨行動。我是指，對有些狗來說，我當然會是狗幫中的佼佼者。」他趕緊說明，以免她感到難過，「但是打從我離開手足們之後，我就獨來獨往。」他忍不住驕傲地抬高了頭，「我可以照顧好自己，對一隻狗來說，沒有比城市更棒的地方了。我會帶你去大開眼界！你可以在那兒找吃的，在溫暖的水泥牆縫中睡覺，也找得到遮風避雨的棲息處……」

但是現在依舊如此嗎？

他猶豫了一會兒，目光徘徊在殘破的街道、粉碎的牆與碎裂的玻璃、傾斜扭曲的道路，以及遭棄置的籠車。**這地方不安全**，幸運心想。**我們得盡快離開這裡**。

他不想讓甜心感受到他的恐懼，她已經夠擔心了。他唯一要做的是分散她的注意力……

有了！

幸運興奮大叫。他們走過轉角，來到路中央，眼前又是一片狼籍。幸運鼻子嗅了嗅，**是食物**！

他拔腿狂奔，開心地跳到一個大型、翻倒的鐵箱旁。他曾見過長爪把牠們不想吃的東西扔進裡面，然後再把它鎖起來，如此一來，幸運就無法享用這些被棄置的食物，沒能大快朵頤一番。但是此時眼前的箱子倒了下來，腐爛的食物灑了一地。黑色烏鴉啄食著腐食，在那周遭跳來跳去。幸運高舉著頭，竭力大聲吠叫，受到驚嚇的烏鴉一邊嘎嘎叫著，一邊拍翅往上飛去。

「來吧！」幸運提高嗓門，跳到這堆發臭的食物旁，甜心跟了過來，開心地吠叫著。

正當幸運忙著在成堆的垃圾內翻找時，他聽見烏鴉振翅飛下來的惱人聲響。於是他往前一跳，張嘴朝那隻憤憤不平的鳥撲去，烏鴉只得用力鼓動翅膀飛離。

最後幸運朝逃離的烏鴉奮力一叫，騰空的腿回到地面時，腳掌在地面一滑，受傷的腳掌劇烈疼痛，就像是遭遇最兇狠的狗，被對方的長牙狠咬好幾口。他忍不住痛得哀叫。

甜心朝那群烏鴉追趕過去，把牠們嚇得飛走，一隻都不剩。幸運蹲坐下來，舔舐傷口、緩和疼痛。一邊不忘用力嗅聞著空氣，享受著地上那堆棄置的食物散發出來的氣味。他再次為此感到滿足，忘卻了肉體的痛楚。

幸運與甜心享用了一會兒烏鴉留下的美食，心情愉快許多。甜心在紙筒內翻找到雞骨頭，幸運則找到了麵包邊，但是能吃的食物實在少得可憐，特別是他們現在胃口大開。

「看來我們會在這座城市裡餓死。」甜心咕噥著，舔著那個曾裝著食物的空紙筒。她腳踩著紙筒，把整個頭探進去。

「我向你保證不會，這裡不是只有垃圾。」幸運滿腦子想著一處他曾造訪過的地方，他開心地蹭著甜心的身體，「我帶你去一個可以吃得跟栓鍊犬一樣奢侈的地方。」

甜心豎起耳朵。「真的？」

「真的，那地方會讓你對城市改觀。」

幸運自信滿滿的往前走，想到即將到嘴的美食，口水都要流下來了。甜心跟在他身後緩緩走著。奇怪的是，她的相伴竟令他感到快樂，幸運很開心自己能夠幫助她。通常此時他會很想要獨處……但現在卻不這麼想。

或許大咆哮改變的不僅僅是這座城鎮。

第二章

甜心緊貼著幸運走著，穿過荒廢的街道。幸運此刻多想見到其他狗啊，或幾個長爪也行。但整座城市空盪盪的，安靜得出奇。至少他們有找到幾處沾有腐食氣味的地方，甚感安心。他停下腳步，嗅聞一個翻倒的長爪椅凳，上頭留有公猛犬做記號留下的氣味。

「他們就在不遠處。」甜心打斷他的思緒，她低下頭聞了聞氣味，豎起耳朵。「味道十分強烈，而且還有其他狗！你難道聞不出來？」

幸運毛髮豎起：甜心爲何堅決要找到狗幫？有他作伴難道不夠嗎？

「這些狗肯定已經離開很遠了。」他轉過身去背對著椅凳，「我們一時半刻也趕不上他們。」

甜心朝空中嗅一嗅。「他們聞起來是在附近啊！」

「味道之所以強烈是因爲這裡是他們的地盤。他們會在上頭重複做記號留下氣味。我跟你說，甜心，他們已經走遠了。我可以聞到他們在遠方的氣味。」

「眞的？」甜心語帶懷疑，「但是我追得上他們，我追趕得上任何東西。」

為何不讓她就此離開？幸運心想。**如果她這麼想找個狗幫，我只要告訴她盡快離開就是**。

但他發現自己竟對她出聲咆哮：「不，甜心，你不可以這麼做，也不應該。我是說……」在她發脾氣前，他趕緊補充，「你對這座城市不瞭解，你很可能迷路。」

受挫的甜心抬高頭，氣憤說道：「爲什麼會這樣，幸運？在這之前我都過得好好的，跟狗幫犬相處融洽！我們在空曠的鄉間過得很快樂，也沒有做任何傷害長爪的事。如果牠們放過我們，沒有將我們團團包圍，沒有將我們關進那可怕的陷阱屋的話……」

她難過得哽咽，幸運在她身旁蹲坐下來，希望說點什麼安慰她，但是他不習慣照顧其他狗。這點很令他感到痛心，他寧可自己鐵石心腸。

他張嘴想要跟她解釋，卻停了下來，瞠目結舌地看著一群兇猛的動物發出尖銳的嚎叫聲，一路跌跌撞撞，出現在他們眼前的街道上。

恐懼感直竄，幸運頸背一陣發涼，全身僵硬。起初，他以爲那群毛髮豎起、齜牙咧嘴的傢伙是利爪，卻發現兩者十分不同。這群動物圓滾滾的，尾巴濃密，而且不會發出嘶嘶叫聲。既不像狗，也不是大老鼠。幸運朝牠們吠叫警告，但這群動物一點反應也沒有。牠們正忙著爲一具被撕扯得慘不忍睹的屍體吵鬧不休，幸運已分不清那屍體原先面貌爲何。

甜心站在幸運身邊保持警戒，眼睛盯著那群動物，蹭著幸運的脖子說，「別擔心牠們，牠們不會傷害我們。」

「你確定？」幸運問。他瞥見其中一隻動物的臉，像戴著一張黑色的邪惡面具，嘴裡滿是兇狠的小尖牙。

「牠們是浣熊。」甜心回答，「與牠們保持距離就不會有事，不要特別注意牠們，牠們就不會覺得受到威脅。我敢說牠們跟我們一樣飢腸轆轆。」

幸運跟在甜心後面，走到遠處的人行道。她怒瞪那群浣熊一眼，幸運模仿她的動作，內心感到焦慮。

他恍然大悟，**想填飽肚子的並非只有我們**。地面的一切被破壞殆盡，食物不虞匱乏的日子已經是過去式了，如今生活已成了一場生存爭奪戰。他繼續走著，很樂意與浣熊保持一大段距離。

幸運聞到相隔幾條街之外，傳來一陣熟悉的味道，忍不住開心地叫了起來。是那條他要找的巷子！他朝前走了幾步後蹲坐下來，用後腿搔搔耳朵，享受這一刻，期待給甜心一個驚喜。食物的香味愈來愈濃，至少可以飽餐一頓。

「走吧！」他汪汪叫著，「我保證你不會後悔。」

她跟在幸運身後，疑惑地抬起頭。「這是什麼地方？」

他望向玻璃窗，那裡有煙囪，通常會有雞肉的味道從長長的管子飄出來，但是今天沒有。應該是這裡不會錯，幸運興奮地轉了幾圈，尾巴快速擺動。

「是美食屋，長爪會在這裡分配食物給其他長爪！」

「但我們不是長爪呀。」甜心指出，「有誰會分配食物給我們？」

「你等著瞧。」幸運淘氣地往前一跳，閃過倒地的臭味桶，以及一小堆碎石。他試著不去想眼前的滿目瘡痍，或是街道上見不著任何一個長爪走動的事實。「我們學老獵人的方式，他可是這方面的專家！」

甜心面露光采。「老獵人？他是你狗幫的夥伴嗎？」

「我不是說過我沒加入狗幫嗎？老獵人不過是個朋友。獨行犬也能夠找到一塊兒覓食的夥伴，知道嗎！快看，跟著我照做……」

這裡可以輕而易舉地吃到食物，根本不需要花時間學習。幸運很高興自己也可以教導甜心一些事。他蹲坐在地，偏著頭，吐著舌頭。

甜心緩緩繞著他轉，熟記他的姿勢，然後抬起頭發牢騷道：「我不明白這麼做的理由。」

「相信我就行了。」幸運回答。

甜心又嘀咕了一遍，才蹲坐在幸運身旁，盡可能模仿他。

「就是這樣！」幸運叫著，「現在其中一隻耳朵抬高一點，像這樣，明白嗎？嘴巴安分，表現和善，做出很餓但懷抱希望的模樣！就是這樣！」

幸運搖著尾巴，熱情地用鼻子蹭蹭她。接著他把注意力放在美食屋的門，然後耐心等待。有個長爪很快就會發現他們。但隨著時間一分一秒過去，幸運的尾巴搖得愈來愈慢，最後在地面一動也不動。美食屋的門依舊緊閉著，幸運只得走過去，抓抓門。一樣毫無回應。他只能乖巧地發出一聲嗚咽。

「我們要這樣多久？這麼做有點……丟臉。」甜心舔舔嘴角說，然後再次吐出舌頭。

「我不明白……」幸運羞赧地垂下尾巴。那個友善的長爪上哪兒去了？牠應該還沒有逃走才是。幸運再度抓抓門，但依舊沒有回應。

甜心高舉著鼻子。「我不認為這麼做有用。」

「長爪肯定只是在忙而已。」幸運咕噥道，「這個地方對牠們而言很重要，不可能就這樣離開。」他試著不去注意自己語氣中的焦躁。他繞到幾個臭味桶及腐食桶後方，一路抓爬到側門邊，以後腿站立，爪子推著木門時，感覺到門鬆脫而且有裂縫。

「瞧！美食屋也損毀了。」他用牙齒拉扯鬆落的門閂。「這不就解釋了長爪忙不過來的原因，走吧！」

美食屋傳出的味道令甜心垂涎三尺，她忘了剛剛的質疑，趕緊上前幫忙幸運拉扯破損的門，直到門啪的一聲裂開。幸運先擠進去，尾巴因為美食的誘惑大力甩動著。

他停下來，左顧右盼。他從沒見過這樣奇怪的房間，裡面排列著大型的鐵箱，鐵箱內一條條扭曲發亮的條狀物像蟲一般。幸運知道這些東西平時會發出嗡嗡聲，隱藏著看不見的能量，但此時沒有任何嗡嗡聲。頭上坍塌的屋頂正滴滴答答的流著水，巨大的裂縫沿著牆攀爬。

大型鐵箱映照著他和甜心的模糊身影，幸運看見他們的臉龐扭曲，忍不住打了一個寒顫。此時，食物的氣味愈來愈強烈，但已陳腐。幸運感到一陣不安。

「我不喜歡這裡。」甜心壓低了聲音說。

幸運低聲附和：「這地方平常不是這樣的，不過應該可以放心。大概只是大咆哮造成的一點損傷。」

幸運小心謹慎地在殘堆瓦礫中前進。甜心望著他，不安地撇著嘴角。「別擔心。」幸運說，「來吧！」

地上滿布無數塊白色地磚的碎片，甜心抬高細瘦的腳爪緩緩前行。

房間裡還有另一道門，不過輕易就能推開——簡直毫不費力，門甚至來回大幅地擺動，差點撞上甜心正在嗅聞的鼻子，害她跳了起來。等那道門靜止不動後，幸運嗅聞著空氣。

這裡比起剛才擺放鐵箱的房間更加混亂不堪，長爪的東西都摔落成堆，破損的座椅傾倒一地，從龜裂牆面落下的粉塵，厚厚地覆蓋在所有東西上頭。幸運渾身顫抖著。

突然間，他停住腳步，齜牙咧嘴起來。**那是什麼味道？我知道這味道，但是……**他嚇得忍不住大聲咆哮，此時角落出現動靜。

幸運躊躇著朝前走了幾步，蹲低身子，貼近地面。空氣中傳來的味道極爲強烈，他往前跳用爪子撥開掉落的碎磚瓦。**有長爪倒臥在這裡！**

幸運在揚起的白色灰塵中聽到一聲呻吟，那是長爪氣若游絲的聲音，他只聽得出：「幸運……」

那聲音微弱卻又熟悉。幸運低吠著，用力咬住其中一塊巨大的屋樑殘骸，然後試著站穩抬起殘骸。他因使勁而渾身顫抖不止，感覺到嘴裡的牙齒幾乎要被連根拔起，根本使不上力！於是鬆開嘴，往後一倒，氣喘吁吁。長爪平躺在屋樑下，一動也不動，臉龐有一道乾掉的血跡。

幸運往前貼近，不去理會要他盡快離開的直覺，他聽見甜心在他身後焦急地來回踱步。幸運低下身子查看長爪，牠有隻手沒有遭石堆壓住，但扭曲得極不自然，牠的臉蒼白如雪，嘴唇呈現詭異的藍紫色，十分駭人，不過當牠的目光跟幸運交會時，嘴角竟出現一抹微笑。

牠還活著！

幸運舔著牠的鼻子和臉頰，輕輕舔去覆蓋在牠臉上的灰塵。幸運心想如果能夠清乾淨牠臉上這層灰，或許牠就能看起來更有生氣——恢復牠往日的模樣。但幸運往後退一步，卻見到覆蓋在灰塵下方的膚色已灰白、毫無血色。

長爪氣息微弱，虛弱得連幸運嘴上的毛髮都無法吹動。

長爪睜開眼睛，顫抖著舉高那隻扭曲的手，痛苦得哀嚎出聲，拍拍幸運的頭。幸運磨蹭著牠，又舔舔牠，但那隻舉起的手滑落，雙眼再次緊閉。

「醒醒呀，長爪！」幸運輕聲哀鳴，舌頭舔舐著那張蒼白冰冷的臉龐，「醒醒啊……」

幸運守候在一旁，但長爪冰冷的雙唇依舊緊閉。

那微弱的氣息倏地瞬間消失。

第三章

幸運打破沉默，發出絕望的吠叫聲，他迅速轉過身背對著斷氣的長爪，盯著甜心，只見她光滑的毛髮因爲恐懼一根根豎起。她四肢僵硬，尾巴緊緊夾在兩腿間退後了幾步。

「我不想在你的大城市中生活！」她抗議道，「這裡到處都是死亡與危險，我沒辦法忍受！」

她氣憤地嗥叫後突然衝向旋轉門，門再次劇烈搖晃。幸運緊追在後，即使明白自己絕對追不上快腿犬。

但在擺滿鐵箱的封閉房間裡，甜心根本發揮不了快跑的長項。她被包圍在其中，在一個又一個扭曲的倒影中猛衝，不是衝撞在鐵箱上，就是在光滑的地板上打滑。當她驚恐地衝向一道牆，幸運往前一撲，把甜心壓制在地。

甜心驚惶失措地在他的爪下扭動身體，幸運的前爪用力壓在她汗涔涔的身上，眼睛直視著她。「冷靜點！你會傷了自己。」

「我一刻都待不住了……」

當甜心的吠叫聲愈來愈虛弱，只剩焦慮不安的喘息聲時，幸運輕輕地靠在她身上。「沒什麼好怕的，甜心。長爪不過是斷了氣。」他重複說著她早已知道的事，希望能夠安撫她。「這是長爪生命能量的自然氣味。就像我們死亡後，我們會離開了自己的身體，變成大自然的一部分。」

在幸運還是幼犬時，就瞭解生死是怎麼一回事。當一隻狗的大限之日到了，他的屍骨會被地犬收走，漂浮向上的靈魂與空氣中的各種氣味混合，成爲整個大自然的一部分。幸運很肯定這正是長爪在經歷的事。

甜心的喘息聲漸止，呼吸不再急促。幸運依舊仍能從她的眼白看見她的恐懼。他小心翼翼地鬆開她，她站起身來。

「這些我都知道。」她吼道，「但我可不想靠近任何有長爪靈魂出竅的地方。我要盡可能找到其他的狗，我們必須找到生還者，快點離開這裡！」

「但我們沒有必要離開任何東西，此時沒有什麼東西傷得了我們，甜心。美食屋在大咆哮中坍塌在長爪身上，就這樣而已……」幸運需要獲得甜心的信任，如果能讓她安心，或許這一切對幸運來說也都說得通了。

「那其他的長爪上哪去了？」甜心甩甩頭，「牠們不是逃光了就是死了，幸運！我們也應該離開！我要離開這座城市，尋找我的狗幫，你也應該這麼做！」

幸運張嘴想反駁，話卻卡在喉嚨，只能難過地望著她。甜心雖然轉過身想急著離開，卻駐足回頭看，其中一隻腳還舉在半空中，渾身僵硬。她望著幸運一段時間，不安地舔舔嘴唇，「你不跟我一起走？」

幸運顯得躊躇不定。尋找狗幫的事一點都吸引不了他，但不知為何他卻不願意甜心離開，他喜歡有她在身邊。這是他頭一回因為即將獨行而感到害怕。甜心正等著他回應，她豎起耳朵，眼神充滿期待……

他搖搖頭。這輩子他都在這些大街上討生活，這就是他——獨行犬。

「我辦不到。」

「但是你不能留在這裡！」甜心大喊。

「我說過了：我不適合狗幫的生活，永遠都不會。」

她惱怒地咆哮：「狗兒生來就不該獨自生活。」

幸運望著她，深感遺憾道：「我一向如此。」

甜心嘆了一口氣，走向他。深情溫柔地舔舐他的臉龐，幸運也蹭蹭她做爲回應，抑制住他心中的悲慟。

「我會想念你的。」她悄聲說完後便穿過那道旋轉門。

幸運向前一步，「你不必這麼做……」但甜心已經消失無蹤。幸運發現自己盯著一片空蕩。

幸運伏臥在地，下巴靠在前爪上，動也不動，靜靜傾聽甜心腳步離去時的喀噠聲，消失在空曠的頹圮大街。即使再也聽不見她的腳步聲，空氣中依舊留有她的氣味。他希望這味道消失殆盡，讓自己獨享這份孤寂。

幸運閉上眼，試著將注意力放在其他事物上。

卻讓他更感覺飢腸轆轆。

飢餓像一排利齒，啃噬他的胃。幸運從飢餓感中獲得救贖——至少可以暫時忘卻甜心。

這是為何我不讓自己跟其他狗親近的緣故，他心想。

回到那個長爪死亡的房間，幸運仔細嗅聞各個角落，舔舐麵包屑與油脂。地面的殘堆瓦礫中沾有一點食物的殘渣，幸運舔舔這些渣滓，留意不讓舌頭被割傷。然後跳上桌子啃噬細碎的食物，但是份量很少，食物的滋味讓幸運的肚子哀鳴得更大聲，胃被飢餓的利齒啃咬得更大力了。他沒有靠近長爪，強迫自己不去看牠。

我現在只能依靠自己，這樣才對。

他確定這個堅固的房間會有食物。沿著牆壁擺放的鐵箱裡肯定有吃的。他上前抓扒這些鐵箱卻打不開它們。他餓得發昏，只得用力拉扯並且啃咬鋼門，門卻依舊緊閉，他奮力用身體衝撞仍一無所獲。於是他想再到遠一點的地方，看看能否找到吃的。

至少他不必被關進牢籠，既輕鬆又自由，就跟從前一樣。他向來把自己照顧得很好，他會繼續過著那樣的日子。

幸運返回小巷弄，這地方似乎比從前更加空盪，他發現自己在殘堆瓦礫間全速跑跳，最後抵達遠處那片空地。這地方真會有吃的？之前這裡總是鬧哄哄的，充滿活力，擠滿了長爪和牠們的籠車。

眼前的確有不少籠車，卻沒有一輛在行駛，而且不管是友善的長爪，還是不友善的，一個也沒有看到。其中有些籠車的車身傾倒，一輛又大又長的籠車，牠笨拙的口鼻竟然撞進了建築物牆面內的空間，一地的破碎的透明石閃閃發亮。幸運小心地碎片。突然頸背一陣發毛，空氣中出現長爪的味道，卻無法讓他感到安慰，這是美食屋老闆身軀僵硬的死亡氣味，眼前靜得教人無法喘息，徒留水滴規律的滴答聲。

頭頂的太陽犬明亮地高掛在上，經過大咆哮浩劫仍矗立的大樓，在地面上投射出長長的影子。幸運每穿過一道道陰影時總忍不住發抖，不自覺地加速奔跑至明亮處。他繼續往前走，陽光照耀的範圍愈縮愈小，陰影愈來愈長，飢餓的痛苦愈發劇烈。

或許我該跟甜心一起離開……

不，沒有理由這麼想。他再度成了獨行犬，而這樣很好。

他斷然轉身走向另一條巷弄，這是他的城市！他總能在這裡找到食物與安慰，就算必須埋進美食屋的廚餘桶深處找吃的，或是在馬路上傾覆的臭味桶內翻找烏鴉與老鼠沒發現的食物。他可是自食其力且獨立的狗。

他絕不會餓死在這座城市。

當幸運確認方位後，他慢慢停下腳步，這條巷弄沒有像其他地方那樣，經過大咆哮摧殘後變得滿目瘡痍，但是路中央卻出現一道既深邃又險惡的裂縫，兩個廚餘桶被拋飛至一旁。

如果徹底翻找肯定能夠飽餐一頓，幸運來到近處的桶子旁，卻突然怔住不動，背脊發涼，他很清楚這強烈刺鼻的氣味是什麼！

敵人！

他齜牙咧嘴，嗅聞著空氣中的味道，想找出敵人的位置。上方的牆面，出現一串纖細的腳印，他下意識將注意力全集中在上頭，他的死對頭喜歡在這樣的地方埋伏，而那針頭般尖利的爪會準備好隨時朝你猛撲而來。

目標出現，斑紋相間的毛髮直豎，尖耳貼平，露出晶亮的尖牙。不斷發出低沉、威脅性的嗥叫聲。他邊蹲伏邊發出陰險的嘶嘶聲，身上每吋肌肉緊繃，呈備戰狀態。

是利爪！

第四章

黃綠色的眼睛怒視著幸運，他奮力抵抗胃中的一陣翻攪，即使他頸背的毛髮已豎起。因爲他很清楚利爪聞得到恐懼，察覺得到任何不安，但幸運才不會不安。

他齜牙咧嘴，抬高了頭，發出他最兇猛的吠叫聲。

我也一樣不好惹，利爪……

這時對方站起身子，四肢僵直，身體膨脹成兩倍大，弓起的背上，根根毛髮全豎直。腳掌幾乎抬起，爪子已武裝，準備隨時攻擊。幸運告訴自己不要閃神，目光堅定地直視對方，發出更低沉的吠叫聲。

此時，對方展開兇狠的威脅攻勢，幸運感覺到對方的唾沫已噴到自己的鼻頭。利爪從搖搖晃晃的梯子上跳起，身手矯健，輕盈地落在半損毀的籠車上，牠殺氣騰騰地站直身子。幸運強迫自己站穩腳步。

突然間，籠車驚醒過來。

霎時間，尖銳刺耳的轟鳴聲響劃破天際，籠車橘紅色與白色的眼睛不斷閃爍著。幸運與利爪頓時間都嚇得怔住不動，然後立刻同時跳開。

儘管幸運腳掌受了傷，受到驚嚇的他仍沒命地往前跑，跑得上氣不接下氣。他邊跑邊吠叫，但籠車刺耳的尖叫聲幾乎掩蓋住他的聲音。他一個踉蹌跑過轉角，盡可能以百米的速度遠離籠車以及高聳的建築。

此時，他的眼前卻出現另一隻利爪，皮毛顏色跟夜晚一般黑，身子跟大樹一般堅挺。

幸運絲毫沒有緩下腳步，利爪兩耳平貼，張嘴發出怒吼聲，幸運只得衝向敵方，頸背拉高，邊吼叫邊死命往前跑。他得迅速終結這場對戰，於是他跳起身來朝對方撞去，霎時，他失去平衡，與利爪滾落在地，對方驚惶地哀號著，胡亂在幸運肩上抓出一道傷痕。

幸運慌亂起身，腳掌掙扎著站穩，然後他看到黑色利爪拚命逃往近處的巷弄，對方顯然覺得落跑比起正面迎戰要緊。雖然很笨拙，但幸運的攻擊奏效了。氣喘吁吁的他，腿在地面上止不住地發抖，他眨眨眼，四周陷入寂靜一片，就連籠車也停止轟鳴。

呃，當然，牠們終究會安靜下來。

幸運頓時一陣刺痛，刺痛著他的驕傲感，他的身體一會兒抽搐，一會兒平靜。幸運——獨行犬、流浪狗、都市之犬——竟然害怕籠車的鳴叫聲！他慶幸老獵人沒有見到這一幕！但他立刻甩開這個想法，那不過是獨行犬出於本能的正當反應，因此原本的困窘也轉爲驕傲。他跟從前一樣保有他的城市生存之道，任何一種咆哮聲——不論大或小——都無法奪走這一點。

幸運不再顫抖，他繼續前行，腳下這條路似乎遠離了曾經人聲鼎沸的市中心，目前看來這個方向是個不錯的選擇。他可以自行決定、做出選擇，這是身爲一隻獨行犬最大的優點。

幸運好奇地環顧四周，他朝向多數長爪居住的都市邊緣，看起來這地方的情況沒有很糟，因爲這裡沒有那麼多房子可以摧毀。目前這些長爪的房子看來並無倒塌跡象。

最後，他停下腳步，轉了一圈，環顧四周。這裡是有長爪生活的其中一條街，房子不像那種層層堆疊的水泥牢籠……不，這地方的房子建造在修剪整齊的小花園中，充滿迷人的花香，而最令人無法抵擋的味道是……

幸運張開嘴，豎起耳朵，熱切地嗅聞著。有些模糊卻又獨特的味道令他興奮得胃裡一陣翻攪。**是食物**！

他奔向味道的來源。**鮮甜的肉**！鮮甜的肉正在長爪的烤肉爐上烹煮！隱形之火可以烤熟生肉，讓食物香味撲鼻……

一隻鳥兒在樹梢拍動黑色的翅膀驚擾了幸運，他得慢下來。不該因為飢腸轆轆就魯莽行事。就經驗看來，並非每個長爪都態度友善。有些長爪並不願意分享，對分食這件事的態度就跟狗媽媽保護幼犬般。

話雖如此，他並不打算徹底放棄。他提高警覺向前跨步，飽餐一頓的渴望讓他渾身的毛髮都豎了起來。就快嚐到食物的滋味了，彷彿感覺到肚子裝滿了食物，溫暖又滿足。**這一刻距離不遠了！不遠了**！

他在一株矮樹叢的陰影間停下來，他張大了嘴，舌頭垂露在外，咧嘴笑著，尾巴拍打地面拍得又重又急。出現在他眼前的是一棟破舊的木造房子，周圍雜草叢生，庇蔭在雜亂的枝葉下。烤肉爐就在那裡，發出微小的滋滋聲響，熱氣直冒，一旁的長爪看上去已享用了一頓，因為牠的肚子已膨脹撐破了牠的毛皮。

在牠身邊還有一隻同樣享用了一頓的猛犬。

牠們同在涼爽處打盹，長爪仰臥在金屬火箱旁的躺椅上，猛犬則躺在主人腳邊。幸運過去多次爭食的過程中遇過這種狗，牠們體型不大，胸部厚實，下顎沉重，而且脾氣很差。

但眼前這隻狗說不定樂於分享食物？

幸運盤算著，喉嚨輕聲哀鳴。誘人的食物香氣四溢，但是……

牠們為什麼在這裡？所有的長爪不是離開就是已經喪命，就像美食屋那個友善的長爪最後斷了氣。眼前這個長爪爲何沒有離開？牠在大太陽底下打盹，好似完全沒注意到大咆哮的存在。

又或許這個長爪死了，而那隻猛犬也是？幸運仔細嗅聞，對這一切抱持懷疑。烤肉的強烈味道有可能掩蓋了死亡的氣味……

幸運謹慎地往前一步、又一步，尾巴抬高，嘴角淌著口水，他舔舔牙齒，長爪跟牠的狗一動也不動。

他必須大膽一試。此時，他靠近烤肉爐，眼睛盯著一大塊滋滋作響的肉，距離與角度剛剛好……

然後他向前奔去。

這時長爪的眼睛突然睜了開來，他猛然跳起來，揮舞著棍棒，牠的吼叫聲令幸運的耳朵受不了。猛犬此時也驚醒了，他彈跳起來就戰鬥位置，四肢挺直，瘋狂地連續吠叫。

「走開！這肉是我的！你要向我挑戰嗎！來啊！跟我決鬥，不然就快點夾著尾巴滾！」

幸運根本敵不過長爪手上那隻棍子，更別提猛犬那血盆大口。他轉身快逃，一路狂奔出花園，強烈的恐懼感早已強壓過痛苦的飢餓感。

幸運跳過一面坍塌的磚牆，在柏油路面狂奔。他十分肯定猛犬在後頭窮追不捨，但他不敢回頭張望。如果讓猛犬逮住他，恐怕難有活命的機會。他在崎嶇的路面奔跑，一個打滑，差點跌一跤。他氣喘吁吁、心跳加速，沿著一條似乎永無止盡的路狂奔，噬血的恐懼侵蝕著他。

直到事情出現轉變。

腳下突然出現一片黑暗，幸運下意識將重心壓往身體的一側倒去，想要停下速度他的臀部在粗糙的地面上磨得發疼。腳爪在堅硬的石頭上亂抓，尾巴揮掃過駭人的裂縫，最後終於停了下來，幸運驚恐得痛苦萬分。受傷的腳掌隨著心跳抽痛著，幸運十分確定腳上的傷口再度裂開了。

他抬起頭，發現自己躺在一個深不見底的大洞邊緣。他站起身，低頭害怕地嗅聞著路面的裂縫。裂縫比他的身還寬，看不清到底有多深，底處的黑影宛如層層烏雲，甚至更黑更厚。

毛骨悚然的他緊張地跳開，然後甩動身體，冒險再看一眼。不知道地犬是否正在下方等著他，如同她曾埋伏閃電那般？她會不會突然從漆黑的洞裡一躍，把他拖下去。他不敢瞧得太過仔細，但他想不透地犬為何讓大咆哮發生。她為什麼要讓大咆哮毀了她的家？或許地犬也懼怕大咆哮……

幸運直打哆嗦，但黑色的裂隙沒有一點動靜，也沒有傳來駭人的吼叫聲。他深呼吸一口，沿著洞口邊緣踱步，感覺找回了一點勇氣。

他得觀察這個裂縫，於是沿著邊緣往一頭小跑步，接著換往另一頭查看。但這條裂縫沒有盡頭，惶恐再次襲來，幸運目光所及，裂縫兩頭都貫穿花園，一路延伸到遠遠的。就連長爪的房子也坍塌進去，房間洞開朝向天空。他來回再跑一遍，拚了命地大叫著。

他不敢走得太遠，眼前的樹叢遮掩住裂縫，讓他無法看清楚。不過距離還很遠，而且他的觀察，裂縫越遠越大，大到不該輕易冒險。流浪狗通常對危險都很有警覺心。

此時，不遠處傳來猛犬的聲音。

「你這個偷吃賊！我要好好教訓你一頓！再回來試試看啊！」

幸運站得筆直，朝向那個怒吼聲豎起耳朵。多虧天犬保佑，他的新敵人喜歡訓話，要是他不白費唇舌，想必此刻幸運早被他逮住了。但不管怎麼說，他遲早都逃不過對方的手掌心……

聽著他的追殺者一步步逼近，幸運別無選擇，只能往剛才來的方向跑去。他得好好來個助跑，因爲他只有一次跳過這個裂縫的機會。

祈禱自己能夠保住小命。

他轉身面對那個大裂口，開始加速，越跑越快，快到在地面上飛奔。當那個無底洞再次在他眼前展開，他從邊緣處縱身一跳。霎那間，腳下除了死亡和那一片不見底的漆黑之外，什麼都沒有……

地犬正等著將他吞噬。

他重重地著陸，翻滾了好幾圈，感覺到腳掌與骨頭發疼，慶幸自己還活著！

他倒臥在地好一段時間，身體劇烈起伏，閉上眼時鬆了一口氣。那隻胖猛犬肯定跳不過這道大裂縫。幸運總算安全了！

安全……但肚子餓扁了。

幸運的飢餓感又回來，像是遭長爪用力踢了一腳般痛苦。他把頭靠在腳上，感到悲慘絕望，輕輕地發出哀鳴，現在他孤零零的。獨自一人感到迷茫、害怕。

或許他眞的該跟甜心一起離開……

但是一起離開的話又如何呢？他們可能現在就會一起餓著肚子，而他還得照顧另一隻狗的胃。現在這樣只要照顧好自己就行了，這點他總是游刃有餘。

儘管他顫抖著站起身來，耳朵依然垂下，尾巴夾於後腿之間。他需要趕緊找到食物。地面上的影子逐漸拉長，吞噬著最後的夕陽餘光。無日的黑夜就快到來，他明白自己不該待在空曠處。

他忍住疼痛，緩緩走進巷弄內，開始尋覓過夜的地方。他在殘堆瓦礫中嗅聞著一道道的門和縫隙時，總不免想到地底下那恐怖的深淵。甜心是否也遭遇了同樣的裂縫？希望她沒有像自己剛剛那樣，差點落入大地的寬顎中……

幸運走過三條街，一路上都跛著腳行走，最後找到一輛車門鬆落的破籠車。幸運沒有力氣爬進去，不過找到了一個有食物氣味的錫箔紙，嚐來有錫味，口感也不怎麼好，但是當他撕開它後，見到一片長爪只咬了一口的麵包，麵包內夾著早已發臭的腐肉。

儘管並非烤肉爐的大塊牛排，卻能夠暫時止住強烈的飢餓感。幸運感激在心，狼吞虎嚥起來，啃食著最後一口，不在乎自己也吞下了一些錫箔紙。

幸運抬起頭，閉上眼靜靜地感謝天犬賜予的一點好運。體力稍微恢復之後，他在籠車的後座小小繞行一圈，例行的睡前轉圈儀式做完後便蜷縮起身子，將尾巴裹住自己。

地犬，拜託別在這無日的夜晚讓大咆哮發威。

他把頭靠在前腿上，不斷舔著受傷的腳掌，直到敵不過睡意，沉沉睡去。

第五章

那是什麼聲音……？難道是大咆哮回來解決他？

腦袋充斥著噪音，刺痛他的耳朵，令他頭疼不已。除了那些宛如從四面八方傳來的嗥叫聲，更糟的是肉體彷彿遭遇血盆大口啃噬與撕裂的痛楚。

噪音充斥在他的腦袋裡，刺痛著他的耳朵，令他頭疼不已。除了那些從四面八方傳來的嗥叫聲，更糟的是還有那撕裂血肉之軀、啪的一聲迸裂開來的惡毒大嘴。眾狗們至死方休的掙扎聲、奮鬥聲響起……

會是風暴之犬嗎？它來到這裡了嗎？不，不可能……

幸運緊貼著地面，垂下耳朵，因爲恐懼與害怕而低吠。恐懼將淹沒他，如同大咆哮那樣令他無處可逃。他必須轉身面對這場風暴，爲生存而戰。

但當他一躍而起，想要迎戰殘暴的獵犬戰士時，那裡卻什麼都沒有。除了無盡的黑暗與寂寥朝他襲來，如同那個他奮力跳過的漆黑大洞，深不見底。

耳邊只有從遠處傳來的，逐漸消逝的駭人嗥叫聲。

驚醒後，他大聲呼喊甜心的名字！

不，甜心此刻已不在他身邊了。

那不過是一場夢，一場關於風暴之犬的夢境……但卻如此真實，聲音與味道彷彿都近在咫尺。是他餓昏頭了？或者更糟的……預見了即將發生的事？

無稽之談。他不能老想著這些事。幸運全身疲累、四肢僵硬、痠痛，他認出昨天晚上的藏身之地，有熱燙的金屬味、皮革曝曬的味道，還有長爪餵籠車吃的那奇怪液體氣味。儘管太陽犬高照，他卻依然想念甜心依偎在身邊的溫暖，寂寞宛如心頭的巨石，他甚至一度想要朝空闊的藍天嚎叫。

他不知道自己身在何處，該往何處去。也許就算是獨行犬，偶爾也需要旅伴。可以一起覓食、相伴入眠，在他身後留意危險，而他也可以保護對方。

不，他是單獨行動的，而且他也喜歡這樣。

籠車裡升溫的熱氣逐漸令人窒息，而他也感到飢餓難耐。於是他走了出去，朝四周張望一番後，才緩緩朝小巷弄裡走去。就在此時，有個黑色的東西從他的頭頂上方振翅起飛。

幸運停下來喘口氣，舔舔乾燥的嘴，抬頭望著那隻烏鴉，牠沒有飛遠，而是在長爪屋頂的破金屬管子上拍翅降落。那裡肯定積了水，因為烏鴉低下頭，黑色的嘴喙喝著管子裡的水，牠抬起頭來直怔怔地盯著幸運。

很像昨天那隻從樹叢間飛出來提醒幸運要留意的烏鴉，很可能是同一隻。

別傻了，烏鴉不都一樣黑嘛！幸運不禁自嘲。不過……要不是昨天那隻烏鴉適時出現，他可能會一頭栽進猛犬的血盆大口。說不定，這群烏鴉是天犬派來警告他的，祂想必隨時緊盯著他的一舉一動。幸運抬頭回敬烏鴉的凝視，朝牠汪汪叫以表敬意。

只見烏鴉斜偏著頭，沙啞地嘎嘎叫著，然後慵懶地拍打翅膀離開。

幸運有點遺憾地望著烏鴉離去，但同時也慶幸對方不再盯著自己。他再次啓程。他從最狹窄的巷弄捷徑，來到寬闊的街道。路的兩邊全是長爪的大房子，如今全成了斷垣殘壁。大咆哮在這裡充分展現了它的威力，要任何一隻狗看見都不寒而慄。

其中一棟房子的屋頂被削了開來，掉落在地，宛如被丟棄的食物。兩棵樹木像在摔角般不像話地倒在一起。走過下一個轉角，另一棟長爪的房子朝內塌陷，幸運瞬間四肢僵硬，趕緊後退，他背脊發涼，渾身發抖。這裡有強烈的死亡氣息。

這味道令幸運感到不安，一個不小心踩進了路面上的一個窟窿，跌了一跤，弄疼了受傷的腳。他連忙舔舐傷口，突然一個聲音劃破寂靜的城市，嚇得他忘了腳傷的刺痛，大聲吠叫起來，急著找尋掩護。那聲音像是籠車的聲響，卻有些不同——它的咆哮聲更加深沉、響亮。幸運躲藏在兩個傾倒的腐食桶之間，他渾身顫抖著往外窺看街道，隆隆聲響愈來愈震耳，最後停了下來。

如果這是籠車，肯定是籠車的首領艾爾帕。他從未見過如此龐大且具威脅感的車身，暗綠色的金屬，看上去十分堅固，難以摧毀。

其中一扇車門突然打開，一隻長爪走了出來。

幸運嚇得心跳加速，**難道大咆哮也能改變長爪的樣貌嗎**？因爲牠看上去不像是他見過的長爪，走路的姿勢相似，氣味些微相像，但牠從頭到腳穿戴著奇異的毛皮，鮮亮的黃色令幸運感到刺眼。而牠的表情空洞、發黑、死寂。

幸運忍不住顫抖著，他十分確定這是長爪。但誰能肯定這長爪是敵是友？他從前就發現，在一群長爪中，是很難辨認出壞心的長爪，你必須小心翼翼地接近牠們，必要時，不能過度自負而錯失逃跑的機會。

他爬出藏匿處，將身體壓低接近地面，尾巴夾在兩腿之間，一臉哀求地望向那張空洞無神的臉龐。長爪沒有馬上踢開他，因此幸運滿心期待地吐出舌頭，豎起耳朵。

長爪望著幸運，層層包裹的手並未拿著食物，只有一根發出尖銳嗶嗶聲響的長棍，看來想吃到東西的希望落空。長爪嘴裡叨唸了幾句，並且揮動手臂，幸運知道這是要他走開。

長爪的聲音聽起來既不歡迎也無敵意，也沒有要用長棍捕抓幸運的意思。猜想牠應該不是來自陷阱屋，幸運懷抱著希望哀鳴出聲。

對方再度揮手要趕他走，口氣強硬。

幸運可以肯定牠是長爪，因爲牠們說著相同的語言，但是牠穿戴著一身怪異的毛皮，幸運嗅察不到對方的意圖，也無法從那張無神的臉龐讀到任何訊息。**我應該放棄**。他轉身大步快跑回巷弄內。眞是詭異，幸運無法從這個長爪身上感受到善意或敵意，但他感覺到高度緊張的氛圍籠罩，長爪通常不會這樣的。

籠車的引擎再度甦醒隆隆作響，幸運背脊再次因恐懼而發涼，連忙朝長爪聚集的市中心跑去。他過去盡量避開經過這幾條街，這裡通常只有籠車不斷發出的吼叫聲，或是長爪對彼此吠叫的聲音。但當幸運走進市中心，只聽見風穿過建築物的呼嘯聲、水滴聲，還有屋頂發出的吱嘎聲響，以及金屬彎折斷裂發出的鏗鏘聲。

前方的路滿布閃閃發亮的透明石碎片。幸運停下腳步，他知道自己的腳無法再承受割傷，抬起頭望向遭大咆哮摧毀的殘破建築。

建築原本有一大片透明石，如今在寂靜中洞開。他看見有長爪在大樓底層盯著他時嚇了一跳，不過他記起這些都是假長爪，它們身上沒有氣味，沒有溫度，也不會動。他小心翼翼地在這些假長爪間來回踱步，嗅聞著它們身上嶄新的毛皮，儘管沒有長爪的味道。其中幾個假長爪的毛皮被脫去，倒向一邊，但毫髮無傷，張著一雙雙空洞的眼神望著幸運。

幸運小心翼翼地在呆板無生氣的長爪間遊走，它們的眼睛不會眨，身上也無任何氣味。長爪稱這地方是購物商城，他記得真的長爪經常在這地方進進出出。有時候牠們手裡提著食物，卻不曾停下來施捨他一點。當他想自己進去尋找美食屋時，就會被其他長爪驅趕，那些長爪身上都穿著相同的藍色皮毛，幸運記憶猶新，因爲得閃躲長爪又踹又踢的腳。

但現在，這裡不會有怒氣沖沖的長爪驅趕他！

幸運嗅聞著。這裡的氣味曾經很混雜，冷空氣像不間斷的風吹拂每個空間，長爪喜歡噴在身上，強烈難聞的氣味，還有牠們用連接著長木棍的一團破布擦拭地面時，沾染到地板上的刺鼻臭味，而且總有散發著嶄新氣味的事物吸引著長爪的目光。但這些味道如今多半退去，室外濕黏的熱空氣宣洩入內取而代之，當然，瀰漫整座城市的死亡氣味也是。幸運感到不寒而慄，他從未在一個地方聞到如此多的死亡氣味。就連地犬恐怕也無法忍受如此強烈的死亡氛圍。

幸運甩動身體，擺脫恐懼，然後察覺除了這些氣味之外，還有食物的味道！

食物聞上去已經發臭，甚至有些腐敗，但幸運一點也不在乎。他張大眼睛留意有無穿著藍色制服的長爪身影，然後潛進大樓內部。

大樓內有更多的透明石碎片散落在光滑亮潔的地板上，幸運小心翼翼地避開，卻忍不住盯著購物商城內部那些空蕩蕩的店家。有些店家保持完好，其他的則是被赤裸地掠奪殆盡。一些地方擺放著長爪棄置的東西。幸運聞到了長爪與狗的氣味，但恐懼緊張的強烈惡臭掩蓋過那些氣味，使得他的背脊一陣發涼。

噢！他停下腳步嗅聞著胡亂堆疊的手提包，手提包是用某種保存良好的老皮革製造的。亮面手提包皮革並不是新的，但這味道既強烈又熟悉。長爪喜歡把東西裝進這類手提包或手提袋內，裡面裝的應該是珍貴的東西，就像狗埋骨頭一樣！牠們把東西留在這裡，堆放一起，然後晚點來拿取，**是這樣嗎**？大咆哮發生後，長爪曾到過這裡，帶走一些東西，看到地面上長爪鞋子磨過的痕跡，幸運很確定這一點。除了那些手提包和毛草，其他東西他都相當陌生。

食物的味道越來越強烈，吸引幸運前往。架上那些閃閃發亮著，長爪喜歡穿戴的項圈與飾品，塑膠掛鉤上零星幾件長爪會穿的皮毛，還有一堆文件和紙箱，這些都沒有引起他注意。他甚至見到一排仿製的小狗，它們毫無生氣，一動不動，與建築物入口處那些假長爪身上一樣有著奇怪的味道。

食物的氣味來自上方，幸運猶豫著跨出沒受傷的那隻腳，踏上殘破的金屬斜坡，斜坡一路向上延伸。金屬似乎承載得住他的重量，於是他繼續跨步向上爬，一步、兩步。突然間，他飢餓得顧不得小心翼翼，深呼吸後全力加速往上攀爬。金屬斜坡上有溝槽，讓幸運腳底感到不舒服，特別是受傷的那隻腳，不過最後仍平安無事地爬到頂端。

然後他瞬間停下腳步。

不是只有食物……還有熟悉的氣味，交雜著汗水、體味還有氣息。

是老獵人！

幸運心情澎湃，不敢相信竟然有機會遇見老朋友，沒有比看見老獵人還來得開心的事了。

幸運循著味道，穿梭在散落於地面的一堆桌椅之中。食物的氣味此時更加強烈，令幸運想起那些長爪愛吃的食物：切碎的肉，揉捏成球狀後再壓扁，與番茄、起士和辣肉末一塊兒放上烤盤上烘烤。儘管味道聞來已經腐敗發臭，但一想到美食的畫面，也忍不住口水直流。

幸運終於爬竄到一堆椅子的最上方，站在那兒嗅聞著。牆上有幾個破洞，被金屬百葉窗遮住了。其中一個洞口的百葉窗歪斜鬆落，傳來強烈的肉味。要不是櫃檯下方傳來低吠聲，幸運早就往味道傳來的方向衝過去。

但他有什麼好怕的呢，儘管不是很確定這個氣味，但這吠叫聲足以使他確信是誰。

幸運開心地朝櫃檯方向衝，受傷的腳一度踉蹌。

「老獵人！」

幸運朝前彎低身體，壓低頭和肩膀，張嘴喘氣。即使跟老獵人熟識，最好還是表現示弱。

老獵人的短口吻稍微掀起，他抬頭瞪視，他強而有力地高高站起，吼吠出聲。

接著，他往幸運喉嚨一躍而去。

第六章

大型狗突如其來的猛烈攻擊，使幸運朝後一個踉蹌，驚嚇得汪汪大叫。老獵人站在他身上吠叫，幸運順服地躺平在地，老獵人的口沫滴到了幸運的嘴邊。幸運輕聲嗚咽，這時老獵人的眼睛爲之一亮。

「幸運？」

幸運恍惚中鬆了一口氣，激動地搖著尾巴。踩在他身上的大個兒讓了開來，卸下身上的警戒，豎起耳朵再次聞了聞幸運的臉，然後咧開嘴來喘息驚呼。

「幸運！」老獵人吸著鼻子，熱情地舔著幸運的耳朵，身材嬌小許多的幸運連忙起身，小心不滑下櫃檯。「我一時沒認出來，你臭得要命，老朋友！」

幸運高興叫著：「我到處覓食。」

老獵人皺起了鼻子。「從這身味道聞起來，大半是在腐食桶內找吃的吧。」

「可以找得到吃的地方不多。」幸運兩耳下垂，然後再度豎起，「能見到你眞好！」他打從心底這麼認爲。並不是因爲他急著找伴，如果不是正巧遇見老獵人，他照樣能單槍匹馬行動，但現在遇到老朋友，呃，總之情況比預期還要好。

「我也很高興遇見你，眞是好久不見。」眼前這隻大狗目光謹愼小心，朝地面散落的肉靠攏。

「眞的是好久不見了。」幸運說，「我準備好迎接好友！」他口氣略顯猶豫，不希望自己在這隻老狗面前表現得太過依賴、軟弱。「至少，我們可以相互關照！吃東西時不必老是東張西望。」

幸運看見老獵人腳邊的食物，食物的香氣讓他興奮不已。他蹲低身子，準備跳下櫃檯時，見到老獵人四肢緊繃，再次朝他吼叫，幸運頓時爲之卻步。

「我無意冒犯，幸運。」他語帶威脅，「我花了不少時間才找到這些吃的，無法和你分享，朋友。」

幸運驚愕地望著他，垂下肩膀。如果不能一塊兒分享食物，怎麼能稱爲朋友？他不知所措，只好坐回櫃檯。「但是……」

「大咆哮發生後，我就堅守這些食物。你知道我費了多大的勁保住這些嗎？你不是第一隻找上我的狗，我還遭遇過狐狸的襲擊。」

幸運舔舔嘴邊的口水，身體止不住顫抖，禁不住近在眼前的食物誘惑。老獵人身後那個銀色大冰箱的門懸掛著，層架上堆疊著更多的肉，就像散落在老獵人腳邊的肉塊。鐵製大冰箱可以冷凍保存食物，因爲幸運見到塑膠袋包裹著的肉塊四周積著水，其中一些肉塊冰成硬塊，就像去年冬天他發現的受傷白兔那樣。他知道這些肉塊就算沒有解凍也能吃，況且數量這麼多……

「但肉有這麼多……」

老獵人再次氣憤地威嚇吼叫。「肉是很多，但很可能僅剩的食物，我可以靠這些食物撐到最後，我會撐到最後，幸運。」

幸運驚訝得渾身緊繃，這一點都不像他所認識的朋友！老獵人從前總是樂於分享，而眼前這個兇猛的朋友，從前性格溫和，不易動怒。大咆哮肯定嚇壞了老獵人。

幸運壓低身體垂下尾巴，但驕傲地抬高頭。「我們認識很長一段時間，老獵人。你一向樂於跟我分享。」

「世事多變，幸運。」

「我們不必為此改變，我們都是倖存者！你跟我都很堅強，你的求生意志比我所知的任何一隻狗更加強烈。」

大狗仍齜牙裂嘴地望著他，但防衛心有些鬆動，尾巴末端猶疑不決地抽動著。幸運看到有東西在老獵人揮動的尾巴附近：垂掛在破損的冷凍櫃旁，就要碰觸到解凍肉塊上流下來的水。長久以來，這是幸運第一次感受到長爪生活中那股看不見的能量，幸運渾身都感應到危險。

「老獵人！」幸運往前撲，用肩膀撞倒大個頭。老獵人被撞倒一旁，閃離了一條蛇狀物，它的尖端掃過一灘水，激起一陣火花。

要不是幸運無預警地衝撞，老獵人肯定跟他打起來了。大狗匍伏在地，驚訝地望著那條還在晃動，火光四濺的電線。

「對不起，老獵人，我……」

「不。」他輕輕吼道，「幸運，謝謝你。我早就該發現，提高警覺才對，我還以為這地方斷電了。」

老狗小心翼翼地站起身，謹慎嗅聞那灘水，然後伸出腳爪掃過肉塊，敲一敲，再把肉塊安全拖開。

「小心。」幸運喊道。

「我會的。要不是因為你，我很可能被那條電蛇咬到，然後不是受傷就是一命嗚呼。」

幸運保持沉默。

「知道嗎？」老獵人最後開口說，「你說得對，幸運。大咆哮改變了一切，我為什麼要因此挫敗，為此改變？」

他從肉塊旁退後一步。

幸運放鬆大叫，跳向前，與那灘水和電蛇保持距離。他不忘禮節，感激地朝老獵人的臉舔一舔，大狗也熱情報以回應，喉嚨發出喜悅的咕噥聲。彼此回敬一番後，便低頭大快朵頤起來。

解凍到一半的肉比幸運先前嚐過的任何食物還要美味，他不顧吃相，大聲地狼吞虎嚥。當肚子不再感到那麼飢餓後，才減緩速度，拾起禮儀與老獵人共享美食。

能夠與好友共進一餐眞好。

過了一會兒，老獵人邊咬著骨頭，邊問道：「事發當時，你在哪裡？」

幸運不用問也知道是指大咆哮。「我在陷阱屋。」想起那段悲慘遭遇，他不禁顫抖，「牠們在幾天前抓到我。」

「運氣眞不好。」老獵人搖搖頭。

「不完全是。大咆哮讓我得以逃離那裡，或許就是因爲地犬可憐我。」他思考一會兒後，正經八百地說道：「回到外面後，我該替她埋塊肉。」

「好主意。但記得替自己留一點，地犬可以體諒。」

「你說得對。」幸運感謝老獵人的善意提醒，還有他淵博的智慧。

「你呢？大咆哮發生當時你在哪裡？」

大狗想起那段愉快的往事，開心地回答：「我正在公園獵捕兔子，應該說是追捕兔子。」

幸運舔舔下顎。如今強烈的飢餓感不再啃噬他的肚子，他懷念起新鮮兔肉的美味。「追逐兔子的過程十分有趣，卻也困難重重。」

「你必須學著狡猾點。」睿智的老狗舔乾淨骨頭上最後一點肉末。「對待兔子友善點，讓牠們對你卸除戒心。儘管你再餓都得冷靜，表現出對牠們不感興趣，。最後，在伸掌可及的時候，再迅速撲向牠們！」

「我以前就是這麼做，卻還是讓牠脫逃了。」

「你必須全身撲向牠，如果只是以腳爪抓住，在你發現前，牠們早就掙脫逃走了。」

「謝謝你的指導。」幸運的獵食技巧全都出自老獵人的指導。「你還是幼犬時就開始在野外覓食了吧！我眞該練習獵食，要練得像覓食與討食那樣純熟。」

老獵人若有所思地啃咬著光禿禿的骨頭，吸吮著骨髓。

「我並不是一直都在野外。」他咕噥道，然後坐起身子，後腿刮搔著頸部，試著撥開狗毛，「瞧見沒？」

幸運瞪大了眼。老獵人頸部的皮膚禿了一塊，光滑、沒有毛髮，不會是幸運所想的那樣吧？是嗎？

「我曾經是隻栓鍊犬。」

幸運不敢置信，「你曾跟長爪一塊生活？」

「當我不再是幼犬時，」老獵人口氣粗暴，「感謝老天，那段時間並不長。後來牠們搬家，不願意帶著我一起走。我從那時候開始獨自生活。沒錯，我曾是隻栓鍊犬。」

「那……那個東西後來呢？」他發現自己難以啓齒那個字眼。

「狗鍊？我自己咬斷的，可不容易呢！」老獵人臉色一沉，「我別無選擇，我長得越來越大，狗鍊勒住我的脖子，最後可能會害死我，但我咬斷它了，花了一天半夜的時間。我發誓絕不再戴上那個玩意兒。」

幸運一陣冷顫，狗鍊是不合乎自然的，像他跟老獵人這樣自由自在，才是眞理，才合乎自然法則。

套上狗鍊是什麼感覺？束縛在脖子上的窒息感，也許他知道。幸運的閃過一絲回憶，可能嗎？

幸運對自己的手足們記憶猶存，他十分確定他們都戴著項圈。這麼說他也應該戴著？那是遭囚禁的象徵，成爲長爪奴的標誌令他厭惡透了。

幸運好奇自己曾經歷過什麼事？他的過去爲何如此模糊不清？他完全記不起來。或應該說是他不想記起一切，不僅是因爲也許有過的項圈令他厭惡回想，而是光想起自己的手足們便不禁感到難過，雖然他不知道原因。回憶裡還有這些清晰的感覺：相依的暖和身軀，緊鄰的小小心跳聲，以及大家在擁擠的籃子裡，一會兒擠壓、一會兒安撫又一會兒吵雜。

幸運搖搖頭，毛髮不安地豎起。存留的畫面還有令他不寒而慄的感受：痛苦、淒涼悲傷的過往宛如腹中的石頭。他起身，驅趕隱隱約約的痛苦，低頭舔舔老獵人的耳朵。

「謝謝你，老朋友。」

「別客氣，年輕伙子。祝你好運。」

幸運感到遲疑。好運……他們現在正需要的應該不只如此？

「老獵人……我在想，這主意聽起來或許瘋狂，但我們是否該考慮合作一陣子？」看到老友驚訝的眼神，即便他默不作聲，幸運仍連忙解釋，「就一陣子而已，直到我們都適應了周遭的種種改變。」

老獵人依舊沉默，眼神些許悲傷地望著他。

幸運不知道老獵人的沉默是允諾還是反對，接著往下說：「我知道我們骨子裡都是獨行犬，平常習慣獨來獨往。但現在一切都變得既陌生又危險，大咆哮造成了重大改變，或許我們互相照料一陣子是件好事？你跟我一定會是不錯的夥伴……」

幸運停止說下去，和老獵人一樣沉默了起來。此時老獵人起身。

「很抱歉，幸運。」他口氣強硬說道，「行不通的，感覺……不對。就像我說過，不能讓大咆哮戰勝我們，它絕對改變不了我們。」

「但還記得差點咬傷你的那條電蛇嗎？如果我們同心協力就能……」

老友目光銳利道：「你或許救了我一命，但我們必須各自活命，像從前那樣。瞭解嗎？每隻狗都得爲自己而活。」

幸運不情願地低下頭臣服，最後舔舔老獵人，「我瞭解了，還是謝謝你。」

「我也要謝謝你，來。」

幸運轉過身去時，老獵人嘴裡銜起一大塊肉丟到他腳邊，他驚訝地踩住肉塊。

「拿去吧，我不會留戀。」

幸運銜起肉，對老獵人低吠表達感謝。幸運跳上櫃檯後回頭看了老獵人最後一眼，接著穿過殘破的購物商城。

第七章

沒多久幸運便緩下步伐，接著停下腳步，他稍微調整嘴裡肉的位置。腹部的飽足感令他睡意濃厚，而就在這裡，他來到了購物商城門口的附近，站在一張誘人的床鋪前。

這間寬敞的家飾店內，擺設著比其他東西還大多的長爪家具，包括一張低矮、寬闊，極富彈性的沙發，材質是陳舊的皮革，就和牠們用來收藏貴重物品的手提包材質一樣。幸運滿懷期待望地走向那張沙發，他疲倦極了，是該停下來休憩一會兒，醒來後再吃點東西，然後繼續過日子……

噢不……

一股強烈的野外味道朝他撲鼻而來，勝過眼前臥床的誘人味道。

他感覺到有動物在附近出沒，是專吃腐肉的動物，也可能是長爪。

以他感覺到有動物在附近出沒，是專吃腐肉的動物，還有長爪。以前他只需要專心忙著覓食，身邊沒有任何東西會引來覬覦，所以他不需要留意牠們。但現在可不同了。

幸運緊咬住那一大塊肉，輕聲低吠。沙發後頭有一個高聳的木頭層架，他察覺到有東西躲藏在那。他看到一個黑色的尖鼻子皺了皺，兇狠嗜血的雙眼和警戒豎起的雙耳緊接在後。幸運吠叫得更大聲更兇猛，灰色的狐狸直瞪著他瞧。

接著，層架周圍又走出三隻狐狸：骨瘦如柴，表情兇猛。彼此正在交換眼神。

牠們的首領艾爾帕有一對閃爍的黃色眼瞳，狂妄地嘶吼著，步步逼近朝他而來。

「現在，交出肉來，笨狗！」

幸運依舊緊咬著這塊肉，喉嚨發出低沉的吼聲，打量他的對手。每隻狐狸的身形不過他的一半大，但對方有四隻，且來者不善。盛怒中的狐狸可不好惹——特別是狐狸幫的。

幸運望著對方，牠們全都齜牙咧嘴，一步一步地爬向他。

牠們自信滿滿，而且狡猾，兩兩一組，分站兩側。幸運感覺到胃部一陣痙攣，對方準備從兩邊發動攻擊，他知道自己以寡擊眾的勝算微乎其微。他應該丟棄那塊肉，趕快逃命。

不！

他不願放棄到手的食物，誰知道下一餐在哪裡。何況，牠們是狐狸！而他只是一隻狗，一隻堅強的獨行犬——就算是餓扁的狐狸也休想搶走他的食物。

隨著狐狸的隊形變化，幸運的目光來回張望。牠們鑽過小桌子下方，繞過障礙物。此時，狐狸圍成一圈，範圍越縮越小，幸運弓起的頸背，毛髮直豎。

「蠢狗。」狐狸艾爾帕斷聲嘲弄著，聲音渾厚扭曲。另外一隻狐狸跟著訕笑，「沒有朋友！也沒有幫手！哈！」

「希望你身旁有隻勇猛的大狗幫你。」第三隻狐狸發出竊笑，「笨狗！」

幸運提醒自己已經吃飽喝足，有足夠的力氣對抗這群飢不擇食的傢伙。再加上，他不是躲過大咆哮的襲擊存活下來了？還躲過浣熊、利爪和猛犬的攻擊？

我肯定能夠突破重圍！

幸運目光鎖定在眼前的狐狸艾爾帕身上，咬著肉的嘴角掀起，怒視著對方發出咆哮。其他幾隻狐狸對他輕蔑一笑。

幸運趁對方毫無警覺下，向前猛撲，直直朝狐狸艾爾帕攻擊。幸運趁機將牠撞向長爪的破椅子，狐狸艾爾帕發出一聲驚叫。幸運後腿用力朝牠腹部一踢，對方痛苦哀嚎，大口喘息。幸運抓緊時間，全速逃離購物商城。

幸運聽見那隻狐狸艾爾帕迅速起身，其他狐狸立刻集結在他腳邊，腦怒地叫鬧著。幸運腳程再快，也不及飢餓激發這群狐狸的潛力極限，而嘴裡緊咬的肉幾乎令他喘不過氣。幸運在樑柱間急奔，穿過長爪以前用餐的寬闊空間，撞倒不少桌椅。地面不知哪滲出的積水，使幸運腳步打滑，但這動搖不了狐狸緊追而上的速度。

長爪掛在衣架上的皮毛被撞飛開來，幸運回到剛剛的金屬斜坡，往下奔逃而去，他的腳步慌亂，時時留意不跌個四腳朝天。斜坡末端驚見另外一張大沙發，幸運急忙躍過。

糟糕！飛騰在空中時，那塊肉從幸運急喘的嘴裡掉出，肉塊滑向一張寬大的木頭桌下方，藍色的桌布搖搖欲墜。

幸運折回桌底找他的食物，柔軟的藍色桌布落了下來，遮蓋住他。

幸運氣喘吁吁，竭力屏息豎耳傾聽。他聞到狐狸身上散發的強烈的野味朝他逼近，他知道自己的驚恐一定散發著濃郁的氣味，如果敵人聽見任何動靜，或是聞到他的氣味，他就死定了。

他聽到對方嗅聞著空氣，低聲發出呼嚕聲，彼此交頭接耳，有些話無法辨識，有些則是再清楚不過了。

「狗兒接近。」其中一隻狐狸說，刺耳的高音厭惡地吐出「狗」這個字眼。

「肥肉接近。」另一隻狐狸一邊喘氣一邊奸笑著答腔。

幸運一想到這群飢餓的掠食者跟他有親緣關係，就厭惡地皺起了嘴巴！

他知道牠們不久就會逮到他，背脊一陣發涼，但他得強迫自己別嚇得叫出聲。狐狸們在桌子四周。

「那兒有動靜！」其中一隻狐狸突然大喊，「去看看是不是那隻狗？」

幸運心跳轟隆轟隆的響，他全神貫注地聽著他們的腳步聲喀噠喀噠的，緩緩地踮步離開桌子周圍。他們隨時都有可能發現一切不過是虛驚一場，也許是老鼠或是鳥兒發出的聲響，然後再回到這裡……

幸運銜起肉塊，以迅雷不及掩耳的速度直奔購物商城中心。狐狸見狀尖聲大吼，在後頭急起直追。至少，他不再受困在那張桌子底下。幸運吃力地大步往前奔，但受傷的腳感到一陣刺痛，幾乎令他喘不過氣。

此時他感到全身沉重、不對勁。他頭一遭感到絕望，眼見狐狸就要逮住他了。

接近入口處的珠寶展示櫃一陣雜亂，就連長爪竊賊或是覓食的狗也懶得取走那些繽紛的珠寶和瓶罐。幸運撞上了珠寶櫃，整個展示櫃上的珠寶散落一地，他急忙轉向高處的櫃檯，躍過一個損毀的展示架。至少這個混亂同時也拖住了狐狸的步伐，他聽見狐狸們在他身後絆倒打滑。

好幾瓶小型罐子翻倒摔落一地，濃得令他作嘔的氣味撲鼻而來。**高處**！他心想，**我必須到高處，一個安全，可以居高臨下的地方……**

就是那裡！幸運衝向高聳的櫃檯，那地方散落著紙片，還有怪異的金屬製機器。其中一台大型機器摔落到地上，當場破裂，使得到處都是紙張和圓盤型的金屬物，幸運差點也要隨之跌落，他在光滑的表面上無助地自亂陣腳。最後，他終於停止打滑，快速在櫃檯上站穩腳步。

他大口喘著氣，與下方圍成一圈，猙獰露齒而笑的狐狸們怒目相視。

「你不可能永遠待在那，笨狗。」其中一隻狐狸不懷好意地咆哮道。

「你總得下來！」另一隻狐狸說。

「別急，兄弟們，這是遲早的事。」語帶威嚇地嘶聲吼叫充滿自信，令幸運不禁顫抖。

牠們說得沒錯，幸運不可能永遠待在這裡。他原本可以用力一蹬，飛過牠們頭頂逃命，但腳傷的劇痛已不堪追逐，刺痛感幾乎令他暈厥。

幸運的身體隨著急促的喘息劇烈起伏。**為了一塊肉，這一切值得嗎**？

他野性的本能回答了他，內心燃起了一股憤怒，他的四肢蓄勢待發，全身每吋肌肉都準備爲終戰奮力一擊。**當然値得**。

他比這群狐狸高大強壯，若是屈服這群傢伙，他便不配成爲一隻狗。

何況在大咆哮之後，能倖存的絕不是弱者，而是那些堅強、勇敢、意志堅決的，他絕不放棄他應得的食物！

幸運將肉塊夾在前腿間，準備誓死保衛它，就像老獵人那般。他低下頭，弓起頸背，露出牙齒吠叫威嚇著，他用盡全力發出蓄勢反擊的怒吼。

但他突然遲疑了。

因爲不知道哪裡傳來奇怪的噪音，不是他也不是狐狸發出的。但的確有聲音，就在走道間迴盪，越來越大聲。

那是低沉得嚇人的咆哮。

狐狸突然緊張地環顧四周，牠們豎起耳朵聽。霎時，四隻狐狸全轉身跳起，朝著商城頹圮的出入口看去。

幸運的目光越過那群狐狸，不可置信地望著眼前這一幕。是狗！一大群狗正朝狐狸逼近！

身材短小的混種犬，滿臉毛茸茸，興奮地吐著粉紅色的舌頭；黑白毛髮相間、色澤光亮的農場犬嘴裡咬著一條大型皮製物品；嘴巴長長、毛髮濃密，眼神驚恐的是戰鬥犬；還有白色的長毛小狗，以及怒氣沖沖的黑色大狗，他頭型寬大，目光堅定。

他們看都不看幸運一眼，注意力全集中在那四隻狐狸身上。眞是個奇怪的狗幫。接著，最後一隻狗走了進來，她面貌姣好，有著長腿，金白色相間的毛髮。事實上，在城市的透明石碎裂一地前，幸運曾看過自己的倒影，而她的模樣令幸運想起透明石中的自己。還有她的氣味……

但他沒時間胡思亂想，這群新訪客正面迎戰那群狐狸，狐狸的隊伍凌亂，傲慢無禮地朝狗們回以咆哮。

「狗幫？還眞可怕！」最小隻的狐狸朝著這個陣容冷笑。

狐狸艾爾帕輕蔑地咯咯咯的笑著：「可怕？你這麼認爲？」

幸運兩肩一垂，他慶幸這一群狗出現，但仔細一瞧……或許狐狸的輕蔑不無道理。至少，他們就戰鬥位置排列。這群傢伙活比較像是掙脫母狗看護的小狗四處亂竄。混種犬身體嬌小膽子可不小，不過除了興奮地繞著圈圈之外，啥事都幹不了；長毛的漂亮傢伙則是歇斯底里地吠叫著；毛髮濃密的戰鬥犬努力地嘗試攻擊狐狸，但那隻黑色的巨型犬似乎頻頻擋到他的去路。

只有長得跟幸運相似的漂亮金毛犬臨危不亂，朝狐狸直奔狂衝。戰鬥犬最後成功閃過了黑色大狗，緊跟在金毛犬身後，而農場犬也終於張嘴放開那皮製物品。

這場小規模戰鬥又抓又咬的，凶狠但爲時不長。幸運看到戰鬥犬抓住狐狸的腿，然後幾乎立刻鬆開，不過他已讓狐狸濺血，狐狸疼得驚恐大叫。帶頭的狐狸撲向黑白相間的農場犬，下顎滿是唾沫，但此時金毛犬以驚人敏捷的速度衝上前，用牙齒耙咬住卑鄙的狐狸身體，將牠撞開。就連小型的漂亮長毛犬也站在自己的地盤裡憤怒地吠叫，儘管她因爲一記攻擊而畏縮，但黑色大狗跑到她身邊保護她，導致狐狸在光滑的地板栽了跟斗。大黑狗爪子一揮，劃傷狐狸的嘴，流出了血，牠把頭一偏，嘴裡淌著銀色唾沫。

狐狸生性殘暴，一向好戰，不過牠們很聰明，知道不該跟狗幫對打太久，即便是對手雜亂無序。眼見牠們寡不敵眾，身形也懸殊，狐狸首領高聲發號司令。

「走，兄弟們！別白費力氣！」

在最後一聲令下，最後一隻狐狸也掉頭緊跟在奔逃的同伴身後。「你可眞勇敢啊！」離開時不忘回頭嘲笑幸運。「一群膽小狗！」

等狐狸們消失在一片殘破廢墟之中，幸運才終於在和老獵人分開後，第一次鬆了一口氣。他用力搖著尾巴表示感激，友善輕快地吠叫。

「多謝你們的解救！」

氣喘吁吁的狗們這會兒全都轉過身驚愕地望向他，彷彿剛想起幸運的存在。戰鬥犬向前走了幾步，朝他嗅聞一陣。儘管戰鬥犬身形高大魁梧，但他的姿勢卻顯得不安。

「別客氣。不過是一群狐假狐威的傢伙，哈！」他粗魯地咕噥道。

「我還以爲自己完蛋了。」幸運餘悸猶存，差點忘了好好感謝眼前的雜軍狗幫。

「我們很樂意伸出援手！」小混種犬輕聲吠叫，她差點因爲旋轉而絆倒自己。

那隻長得跟幸運相似的狗起初並沒有說話，她跳上櫃檯，儘管幸運下意識保護自己的食物，不過對方一點也不在乎那塊肉。她略帶猶豫地朝他身上嗅聞。此時他們的目光交會，幸運感覺到心在胸膛裡狂跳著。

他的心中掀起一陣波瀾，記憶在腦海中翻攪，閃過無數畫面。他認得這隻狗……

她友善地眨眨黑色的眼瞳，磨蹭起他的臉。

「眞的是你！」她輕吠道，「親愛的亞普，眞的是你！你好嗎？我的哥哥！」

第八章

亞普……！

苦痛的記憶在幸運腦海裡翻騰，沉重如石的孤獨感減少了一些。

亞普！他有多久沒聽見這個小名了？這名字喚起了許多回憶，各種聲音和畫面。老抽著鼻子、不斷嘰嘰喳喳，緊貼著他的身體、推擠著他的小爪子、金色毛髮依偎著他……還有總是叨叨絮絮個沒完的幼犬……

「嘰喳！是你！」幸運興奮地舔著她的臉龐，而嘰喳則是蹲了下來，輕咬著他的脖子。

「我不叫嘰喳了。」她說，「我有個新名字，貝拉！」

「貝拉。」幸運重複喊道，想要叫得順口些，「名字真美。」

漂亮的白色長毛狗鼻子哼氣，說著哪裡美！一旁的混種犬輕咬她的鼻子提醒她。幸運突然發現眼前的雜軍狗幫全蹲坐下來，盯著他以及他重逢的小妹。大家都滿臉驚喜、期盼，儘管那隻戰鬥犬仍不改其戒慎的表情。雖然他們品種不一，但個個都看起來體面。他們身上的毛髮光澤滑亮，肚子渾圓，嘴邊不見跳蚤咬痕與傷痕，除了幾道狐狸逃走前留下的抓痕。說不定早上長爪才替那漂亮的長毛狗梳理她亮麗的長毛，她優雅地抬起一隻前腿，其他三隻仍穩穩地站立著。

儘管長毛狗舉止自信，她仍對自己的心直口快感到些許害羞，貝拉嚴峻地回瞪她一眼，回應道，

「『美麗』是我名字的意涵，陽光，貝拉是美麗的意思」

幸運用鼻子輕碰著貝拉，要她冷靜。「我也有個新名字，叫做幸運。」貝拉用舌頭舔舐幸運的耳朵。「這名字眞是再適合不過！我們碰巧在緊要關頭出現，你很幸運！」

「你說得沒錯。」幸運往後站，好好打量貝拉的朋友，「哈囉！」

陽光畏懼得不敢搭腔，抬起的前腿還停留在空中，使得她重心不穩。戰鬥犬咕噥著聽不清楚的話，他後腿站立，飢腸轆轆地嗅聞著幸運留在櫃檯上的肉塊。

「噢，布魯諾。」貝拉笑鬧著對他說，「你老是覺得吃不飽，就算世界末日也還在想吃的。」

不是所有的狗都如此嗎？**不都滿腦子想著哪裡有食物嗎**？世界末日可不是什麼玩笑話，它是如此眞實，幸運還記得大咆哮引起的恐慌，那道深不見底的地面裂縫。覓食和守護食物，也不是鬧著玩的。幸運心知肚明，但或許這群毛髮光潔，吃飽喝足的狗兒不這麼認爲。

陽光彷彿是要應證幸運的揣測，她趴了下來，肚子周圍的白色毛髮鋪散在地，咕噥道，「貝拉，希望你別把世界末日掛在嘴邊，我們根本就不知道什麼是世界末日。」

貝拉顯然被對方激怒，儘管如此她仍鎮定地舔舐自己黑色的鼻尖說道。「陽光，如果不是世界末日來臨，你想我們的長爪都到哪兒去了？」

幸運怔住了。**我們的長爪**？他不可置信地打量著每隻狗，他們都與眾不同，除了一件事相同，每一隻狗都穿戴著象徵視長爪爲主的項圈。

幸運震驚得忍不住大喊了出來。

「你們全都是栓鍊犬！」

大家全都盯著幸運，然後面面相覷，滿臉困惑。

「是啊？」農場犬好奇地抬高頭。

「噢，這就說得通了……我是說，你們的……」幸運安靜了下來，因為心思感到混亂。

栓鍊犬、嬌寵的狗，馴服、愚蠢、沒有用的狗……

他們讓長爪在自己的脖子扣上了項圈，依賴長爪取得食物，和牠們玩樂，一同運動鍛鍊，甚至睡在長爪準備的床鋪上。少了長爪照顧，他們將變得無助、絕望……幸運光想就害怕得難以置信。**栓鍊犬要如何在世界末日時生存**？

幸運搖搖頭，不去想這令他不寒而慄的事情，此時他沒辦法思考這樣的問題。此外，他們不也在千鈞一髮之際救了他一命，這時候懷疑他們的生存能力有何意義。

幸運回頭望著布魯諾，他還在嗅聞著那塊肉。「來吧，大家一起吃。」幸運跳上櫃檯，咬起那塊肉，然後跳回地面，放下嘴裡的肉說道，「你們救了我跟這塊肉，我欠你們一頓，至少這是我能做的。」

而且若日後你們無法獨自獵食，就要懂得分享。

這個奇特的小狗幫正滿足地享用幸運大方獻上的肉塊，有一會兒，耳邊只有他們大口咀嚼撕咬的聲音雜軍狗幫享用，幸運狼吞虎嚥地吃完自己那一份之後，小聲對貝拉說：「你的朋友們……很有意思。」

貝拉抬起頭，開心望著她的朋友，「他們一點都不像我們，是吧？從前我以為所有的狗都是喜樂蒂獵犬！」

幸運眨眨眼，「我們是喜樂蒂獵犬？」

「是啊。你難道不記得爸爸媽媽了？」她的心思備感矛盾，既感到欣慰，也為長久以來的分離感到難過，不過她仍雀躍地說，「我們大多都有適合我們的犬種名稱，因為是長爪幫我們取的。」

幸運不以為然地咕噥道，「不能因為是長爪取名就認為合適。」

貝拉沒有搭理他剛剛的話，繼續說道。「瞧，在那邊的是布魯諾，他是『德國牧羊犬』所生的。長爪稱麥基是『邊境牧羊犬』，他很聰明，老喜歡將驅趕到一起！黛西則是西高地白　與傑克羅素　犬的混種。再來小陽光是隻嬌嫩的『瑪爾濟斯』。」

「那隻呢？」幸運的鼻頭朝向那隻大型黑狗的方向。

「瑪莎？她是隻『紐芬蘭犬』，瞧瞧她跟陽光站在一起，體型大小差好多啊！」

幸運望著這兩隻狗，瑪莎比幸運還要高大，而陽光的高度還不及瑪莎的膝蓋。狐狸們說對了一件事，這眞是他見過最沒有組織的狗幫了。但是他們稱得上是狗幫嗎？誰是首領艾爾帕？貝拉多話，雖然善良卻會跟陽光拌嘴，行爲舉止也不像狗幫領袖。沒有讓人信服的威嚴，狗兒也不會聽從她的指令，即使她看起來立下判斷，卻還是要尋求建議或是贊同。邊境牧羊犬麥基看起來很聰明，布魯諾在打鬥中能好好應付，照看自己，但他們和狐狸對戰時，都沒有展現出艾爾帕的領導能力。陽光——就更不用說了！黛西看似勇敢、好鬥、充滿活力，卻像隻初出茅廬的幼犬，她也不是艾爾帕……

到底誰負責帶領這個狗幫？

一聲驚恐的哀號聲打斷了幸運的困惑。只見陽光彈跳了起來，丟掉最後一小口肉，惶恐地繞著圈圈，長毛髮飛了起來，腳爪胡亂地扒著。

「我受傷了！我受傷了！」

「什麼？」貝拉先開口問道。

「是狐狸！我被牠們咬傷了！」陽光歇斯底里地大叫，可憐兮兮地舉起那隻腳。幸運這才察覺打鬥結束後，她就一直小心呵護那隻前腳的原因，而陽光她現在才發現自己受了傷。她的腳爪在空中不斷揮舞著，卻仍慌張奔竄著，陽光立刻因此跌了一跤，吃力地以三隻腳站起來，繼續驚慌得飛也似地繞起了圈圈。

「我的長爪！我現在需要我的主人，帶我去看獸醫！」

幸運見到貝拉睜大雙眼，一臉焦慮。他吃驚地發現自己頓時感到不屑。不，妹妹眞的不是當艾爾帕的料。

但其他的狗也半斤八兩。麥基驚跳起身，兩眼直瞪。黛西憐憫地放聲嚎叫，霎時，其他隻狗也一塊吠叫了起來。

「我們要返回長爪住屋了！」

「不，我們可以找到獸醫，我們去找獸醫！」

「去哪？到哪裡找獸醫？牠們全都離開了。」

「長爪全都離開了！我們該怎麼辦？」

幸運瞬間憤怒地吠叫一聲。

「給我冷靜！」

頓時一片安靜，所有狗都盯著他瞧。幸運突然想起穿著一身鮮黃色毛皮的長爪，應該向大家說出這件事嗎？不過那個長爪的舉動十分……

怪異。不，這麼做只會讓事情變得更複雜，讓他們以爲還有長爪會伸出援手。

幸運挺直站著，「我不知道獸醫是什麼，但我確定陽光不需要。讓我看看她的腳傷。」

陽光身體顫抖著，遲疑地走上前，害羞地伸出腳讓幸運瞧。幸運嗅聞一會兒，雖聞到血漬味，卻不過是皮膚上一道細小的抓痕，他小心翼翼用舌頭舔舔她的腳。

「這不過是一道抓痕，沒有大礙。我讓你們看看我的傷。」幸運躺下，抬起他受傷的那隻腳，掀起腳底讓大家瞧個仔細，每隻狗都驚駭得發出聲音。

「太可怕了！」陽光大叫，「你比我更需要看獸醫。」

「不，我不需要。」幸運感到有些惱怒，「傷口會惡化，是因爲我沒有停下來好好養傷。瞧。」傷口已經不太痛，不過他還是小心翼翼舔舐傷口。**如果我好好照顧腳傷，或許就能輕易逃離狐狸的攻擊了**，他心想，然後再次舔舐傷口。「來吧，陽光，你也試試看。」

陽光依樣畫葫蘆，低下頭，疑惑地舔起腳傷。當發現這麼做並不可怕時，她又試了一次，然後便悉心地來回舔了又舔。

「你說得對。」她驚嘆地輕聲歡呼道，「傷口不再感到刺痛，我的確覺得好多了。」她停下動作，欽佩地望著幸運。「大家，他說得沒錯！」

「明白了嗎？」他吠叫道，「你們不需要什麼蠢長爪獸醫！」

此時大家對他肅然起敬，幸運對於他們的注視感到不自在。

「太好了。」瑪莎彎下身體，歪著她的黑色大頭打量陽光的腳爪。

「幹得好！」布魯諾大聲咆哮，「太棒了！」

「你眞是聰明！」小黛西驚呼，「眞不敢相信你會治療！」

麥基雖然不發一語，卻深感敬佩。就連貝拉也興奮地來回望著幸運和陽光。六條尾巴甩呀甩的。

噢，不，別這樣！幸運心想。**我不是你們的艾爾帕！**

他匆忙起身，往後退了一步。「聽著，我很感激你們剛剛解救我了，你們是最棒的！」他又退了幾步，頸背高聳。「但我得走了，再次感謝你們。祝你們好運！」

大家還來不及反應，他便轉過身，想迅速離開購物商城。他感覺得到身後眾多驚訝的神情，一個一個垂下尾巴和耳朵，但他不會回頭，也才不會回頭……

但此時幸運頓時停下來。商城外的天空已漆黑一片，空氣中水氣凝結。當他猶疑地準備舉步走出去時，一道閃光瞬間照亮整條街，接著一聲震動整個世界的巨大轟隆聲響起。

這一響讓幸運怔住了。

是閃電！

不一會兒，就會下起滂沱大雨。雲朵翻騰，天雷交加，是天犬在誓死奮戰，快腿犬英雄——閃電——劃破天際，留下火光，嘲弄著地犬。幸運並不因此害怕，卻討厭在雷雨交加時走到外頭……

他猶豫得太久了，感覺到貝拉的體溫，她湊近他的身邊，但她沒有看向幸運，而是一同凝望著轟隆隆的黑夜。

「和我們一起留下來，幸運。」她終於開口說，「一段時間也好？」

幸運沉默良久，想起今天早晨孤單地醒來，還有發現甜心不在身旁時的空虛。回憶起幼時手足們簇擁的體溫，嘰喳伴著他入眠時的味道。如今，嘰喳……也就是貝拉，再次伴著他，雖然有些不同，但一樣是他的小妹……

「好吧。」幸運總算緩緩開口道，「不過只有一段時間。」

她開心地大聲吠叫，貝拉突然彎下前腳後跳起，撲倒幸運。幸運意外地感到雀躍，他和貝拉嬉戲打滾，跳上跳下，轉呀轉的，彼此追逐著，跑向那群狗幫小隊伍。

其他的狗兒們也欣喜若狂。黛西興奮地吠叫著向前暴衝，與貝拉碰撞在一塊兒。結實的老布魯諾笑鬧著撲向小狗，結果跟陽光撞作堆。所有狗相互追逐、狂吠、打鬧在一塊兒，彷彿這世界上沒有什麼好擔心的事。

空蕩蕩的長爪購物商城是最佳的遊戲場所，幸運思忖著，一邊不忘閃躲大塊頭瑪莎笨拙的撞擊。麥基放下珍貴的皮鍊，咬起一件掉在地上的長爪皮毛，把它當老鼠般甩，布魯諾跟著咬住，兩隻狗開始拉扯拔河，因而打滾在一起。

幸運本來雀躍地望著眼前的混戰，直到貝拉突然朝他衝撞而來，兩隻狗又扭成了一團。

「你沒事吧？」貝拉上氣不接下氣地問道。

「當然！放馬過來！」輪到幸運撲向她。

就連陽光也跟著加入，瘋狂地邊轉圈邊吠叫，不停試著跳到瑪莎身上，想要撲倒她。幸運追著麥基打轉時，看到一堆鐵盆，是美食屋長爪的烹煮工具。他一向喜歡聽它們碰撞時發出的鏗鏘聲響，於是朝裡面一跳，這些鐵盆被撞飛了開來，發出了稱心的鏗鏘巨響。

最後，大家精疲力盡，一隻隻氣喘吁吁地倒下。陽光發現一堆絲質靠枕，麥基開心地倒臥在她身邊。幸運在冰冷的硬地板上伸展四肢，望著大家。當黛西趴躺在他身旁時，他不忘熱情地舔著她的耳朵。

「幸運，到這兒來！」貝拉豎起耳朵，把頭枕在沙發邊緣。

他起身遲疑地舉起一隻腳，接著伸出另一隻，靠上柔軟的牛皮沙發。接著跳上沙發，蜷縮身子躺在貝拉身邊，她開心地低吠，舔舔他的鼻子。

幸運抬頭閉起眼睛，祈求好眠。**月犬，請守護著我們……**

「你在做什麼？」貝拉驚訝的聲音打斷了他的沉思。

「我在幹嘛？」幸運瞠目結舌，「準備入睡啊……」

「你已經可以入睡。」她望著幸運繞圈三次。

幸運停止繞圈，偏著頭不解地望著她。**貝拉難道沒有好好地做繞圈儀式**？他低下頭，狐疑地嗅聞著沙發，然後與貝拉四目相對。

「別再動來動去了，幸運。」貝拉輕聲說。

「我忍不住。」他變換姿勢，試圖冷靜下來，「這裡實在太過於舒適……」

「沒這回事。」她打著哈欠，「你很快就會習慣，相信我！」

幸運思索一會兒才柔聲問道：「你跟你的長爪住在一起肯定很快樂。」

「以前是這樣沒錯……」

「牠們現在在哪裡呢？發生什麼事，貝拉？」

「噢。」她把頭枕在前爪上，豎起耳朵，彷彿能聽見回憶中的聲響，然後嘆了一口氣。「大咆哮發生時，一切是如此倉卒。牠們匆匆離開，把所有家當塞進牠們的籠車裡，然後離開了。牠們帶走所有的行李，」她難過地咕噥著，所有……除了我。」

呃，她期待什麼呢？牠們可是長爪，不是嗎？她不該依賴牠們，不該倚戀栓鍊犬的日子……但幸運蹭蹭小妹的頭，舔舔她的耳朵表示安慰。

「我很遺憾，貝拉。」

「沒事的，幸運，我一點都不想念牠們。至少我沒那麼難過——畢竟牠們把我拋下了，牠們……遺棄了我。」她的聲音聽起來有些苦澀，但她搖了搖頭甩開悲傷。

現在你會開始瞭解的，幸運心想。他很遺憾她受傷害，但是她越快拋去過去的日子，堅強起來，她會越快樂，她還有希望。

「此外，」她繼續往下說，「我還要爲其他事煩惱，像是我那群朋友。他們需要有狗作主，我沒有時間意志消沉。」

「這樣很好啊。」幸運很高興小妹如此務實與理智，就像他一樣，樂於當隻自由的狗。

「不過，你發生什麼事，幸運？」

「什麼意思？」

「離開幼時的狗幫之後。」

「噢……」幸運閉起眼，覺得回憶過去的事又有什麼用？那些並非美好的回憶。但貝拉畢竟是自己的妹妹，告訴她無妨，如果他記得起來……童年的記憶朦朧、模糊，像看不清池塘內的小獵物。但是那些記憶慢慢地，斷斷續續地有了清晰的輪廓。

「我記得牠們把我帶走……長爪們。牠們看起來很快樂，微笑著……噢！我沒有反抗。」他驚訝地睜大雙眼，「當時我竟沒有想要掙脫，眞是奇怪。我爲什麼不逃走呢？」

「我們不會想掙脫。」貝拉說，「還是小狗的時候不會想掙脫，繼續說下去吧。」

「我想起長爪的家。」透過商城入口處的碎透明石，天犬的交戰持續的，閃電發出的火光霎時照亮整個世界，接著是轟隆隆的雷聲。震耳欲聾的聲響好似回應著幸運不愉快的過往，他不禁打了一個冷顫。「那個家的長爪不怎麼愛笑，還有跟幼犬一樣的小長爪。牠們從未單獨留下我，總愛追著我跑，抱抱我，逗逗我。我還記得自己疲累不堪，希望牠們別來煩我……」

「小長爪們就喜歡逗小狗玩。」貝拉點點頭，「當牠們習慣跟你相處後，就沒有那麼糟了。」

「不過大長爪可不是這樣。牠的模樣很奇怪，有時候走路東倒西歪，像棵彎曲的老樹木，而且身上的味道很難聞，像是長爪烈汁（酒）的味道，但更難聞。當牠臭氣熏天時，總是無法站穩腳步，而且脾氣暴躁，我還記得……」幸運緊閉著雙眼，厭惡自己努力回憶起這段過去，「我記得最清楚的是牠的爪子，總是朝我用力踢，或是把我抓起來。牠常常怒氣沖沖地邊吼叫邊對我拳打腳踢，就算身上沒有烈汁的味道時也一樣。」

貝拉磨蹭他，「你的長爪跟我的完全不同。」

「有些長爪的確心地善良。」幸運想起美食屋的那個長爪不禁悲從中來，「但我的長爪可不是如此，我一心想要逃離牠的魔爪，牠讓我感到害怕。有一天家門敞開著，我大概是沒關好吧，我見機拔腿狂奔，不停地跑不停地跑……」

「然後呢？」

「然後我就再也沒回去過了。」他嘆了一口氣，慶幸故事終於說完了，「從那時候開始我的生活出現轉機，我獨自過得很快樂，學會照顧自己。不再被任何長爪欺負，再也不會。」

貝拉緊緊依偎在他身邊。

「你還記得小時候，媽媽跟我們說的那個故事嗎？」她問。

「當然。」幸運回答，想著剛才見到的閃光。

「我想起歐米茄風和森林之犬的故事，你還記得嗎？」

幸運緊蹙眉頭。「不完全記得。」他慈愛地舔舔貝拉的耳朵，「故事怎麼說？」

「嗯，從前有隻小狗名叫風，她在狗幫裡地位最低，被喚做歐米茄，老被差遣做雜事。他們的艾爾帕是隻殘暴的猛犬，要是風做事稍有怠慢，免不了遭到一頓毒打。

「風夢想著拋開所有事，離開她的狗幫。她曾經偷偷潛進森林，自己獵捕小動物爲食。歐米茄犬不被允許獵食，所以她總是留下一半獵物供奉給森林之犬。

「某天，風暴之犬出現，擾亂整個世界。風的狗幫首當其衝，遭受來自山林的巨犬攻擊。風跑進森林裡，其中一隻巨犬緊追在後，她以爲自己就要被抓到，將會被撕得粉身碎骨。

「卻不知道自從她開始供奉森林之犬，就一直受到祂的看顧，而祂之所以寵愛她，是她富有機智且不輕言放棄，就像天犬欣賞閃電無人能及的速度那樣。因此在森林之犬的幫助下，她爬上了一棵樹，躲過巨犬的追捕，免於遭受風暴之犬的屠殺。

「從那天起，風成了一隻獨行犬，隨心所欲遊蕩，不再聽命任何艾爾帕的命令。一般人平常見不到她，但是當你進入森林深部，偶爾會聽見她與朋友森林之犬在樹叢中發出的嗥叫。」

貝拉磨蹭幸運。「你讓我想起了這個故事。」她停頓道，「你逃離長爪，變成了一隻堅強、自由的獨行犬。很遺憾你的長爪艾爾帕對你這麼殘酷。」

幸運把頭枕在貝拉身邊，他當然不需要貝拉的同情，但相隔這麼長一段時間，他能夠再次躺在小妹身邊令他內心感到安慰。有了她的相伴，今天早晨湧上的恐懼與孤寂感也都一掃而空。感受妹妹溫暖的體溫，聽她述說母親曾說過的其中一個故事，像是解開心裡的枷鎖，回想起過往與手足們相伴的時光，快樂的光景不斷湧現，那段時光的安穩、友愛以及總是溫飽的肚子，還有陪伴的溫暖，都讓幸運百感交集……

他們一起度過了美好的時光，但那都是很久以前的事了，幸運提醒自己。幼犬需要手足相伴是件自然不過的事，如同他們需要母親的關愛與照顧。但他不再是隻幼犬，他是隻成年的狗，一隻獨行犬。

幸運作夢也沒想過自己能夠睡在像這樣一張太舒服的長爪沙發椅上。他躺在沙發上好一會兒，聽著布魯諾的鼾聲，陽光與黛西的夢囈，以及身旁貝拉發出的輕柔呼吸聲。而他一定也跟著進入夢鄉了，因爲當他醒來時，發現午後的陽光已照射進殘破的購物商城，其他狗兒紛紛醒來、伸展四肢，打著哈欠。

天犬在大戰中發出的轟隆隆聲響已經完全停止，也不再下滂沱大雨。外頭煥然一新的迷人氣味傳了進來，大地被雨水洗淨。貝拉抬起頭，幸運此時起身，伸展他的前爪。

「天犬戰勝了烏雲。」幸運若有所思地說，「很好。」

「真是太棒了。」黛西大喊，「是時候返家了！」

「好欸！」陽光歡呼，「來吧，我們一起回家！」

「等等。」幸運望著大家，一臉困惑，「家？家在哪裡？」

「當然是指我們來的地方！」貝拉舔舔他的臉。

「跟我們一起走！」陽光跳到他身邊，喘著氣露出仰慕的神情。

「雖然我們的長爪都走光了。」瑪莎哀傷地說道，「但我們的家都還在那。」

布魯諾慎重地點頭同意道：「他們說得對，幸運。你不該單獨行動，我敢說你是個硬漢，但偶爾也需要和其他狗互相照看。」這隻大狗晃動全身的肌肉，然後傾身向前將頭部靠向又長又粗壯的前腿。「我自己也是個勇士，知道嗎？就算被逼進牆角一樣游刃有餘，怎麼樣？」

大家以懇求的目光望著他。布魯諾不想要表現得太過熱情，眼神卻隱藏不住。麥基嘴裡雖然依舊咬住珍貴的皮鍊，目光卻跟瑪莎一樣帶著期待。其他兩隻小狗則在他身邊跳個不停，幸運眞想揮開他們。

他嘆了一口氣，望著貝拉。貝拉同樣帶著渴盼與期待，幸運憶起在她身邊醒來的美好感覺。

老獵人說得沒錯，大咆哮不會改變他們，但或許獨行犬偶爾也該順應這個嶄新的怪異世界做些讓步。他們口中的「家」不再會有長爪，對幸運來說，或許有些許安慰。想到這，他暗自做了決定。

「好。」他說，「我暫時跟你們一起走。」

貝拉開心地大叫，其他狗兒跟著歡呼，麥基站起後腿轉圈、摔倒在地。幸運望著大家，他們欣喜若狂的模樣讓他感到受寵若驚。

然而，幸運並不會因此加入狗幫，永遠不會。何況正常來說，有誰會說他們是個像樣的狗幫？

第九章

「噢，我們在大咆哮發生之前就是朋友了。」布魯諾走向幸運身邊，向他解釋道，「是不是這樣呀，大家？」

此時，他們離開購物商城一段距離，幸運意識到眼前的景色越來越陌生。他向來在喧鬧的繁華城市遊蕩，那兒有取之不盡的食物，藏匿處也一樣多。如今，視野變得寬闊，街道越是寬廣，樹林枝葉繁茂。幸運想到昨天見到長爪燒烤食物的烤肉爐，還有負責看守的猛犬，不免提高警覺。

影子再次拉長開來，殘破的高聳建築在光的投射之下，周圍形成光暈。破損的水管湧出水來，小水滴閃閃發亮，十分美麗。幸運認出四周那些長爪曾經居住的房子，從前總是維護得整整齊齊。伴隨著一陣不安感，幸運納悶這些長爪何時會再返回這裡，牠們是否還會再回來？牠們會爲了失去的寵物回來嗎？他知道長爪不喜歡讓牠們的朋友以原始的方式與大地一起分解，牠們喜歡將死屍埋進土裡，如同狗兒保存珍貴骨頭的方式一樣。這麼說來，牠們爲什麼還不回來？

幸運沒有時間沉思。其他狗兒不停交談，想吸引他的注意，有一、兩回他差點絆倒小黛西，因爲她老是在他面前跑來跑去。

「對極了！」她興奮大叫，幸運縮小步伐，免得踩著她。「我們已經是多年的朋友了，全都住在同一條街。」

「在同一座狗公園玩耍！」麥基補充，「你認爲沙坑還在那裡嗎，貝拉？」

「沙坑應該完好如初。」瑪莎說明，「我們的長爪有一天將會回來，也許幸運也可以一起來！」她的目光帶著期待，望向幸運。

沙坑？幸運試著不去露出吃驚的表情，或許這群狗從未脫離幼年時光。他忽視瑪莎充滿期待的眼神好一會兒。「這麼說你們都是……朋友。還有你們的……」他遲疑起來，這種說法對他來說很陌生，令他感到困惑，「長爪跟你們也都是好友。但你們卻又稱不上……呃，一支眞正的狗幫吧？」

「不！」陽光顫抖著抗議，「應該說我們是群未經訓練的狗幫犬。」

「反正都是一群狗。」貝拉做出結論，「我們玩在一塊兒，偶爾一起享受美食，彼此瞭若指掌。」

真正的狗幫可不止如此，幸運心想。

「我們的長爪也有牠們自己的小圈圈。」麥基補充，「牠們總是膩在一塊兒，這也說明了跟牠們在一起很有趣的原因。」他的雙眼閃爍著渴望回到過去的光芒。

「大家很快又可以在一起找樂子，等著瞧！」陽光大喊，「我的主人會爲了我回來，我知道她會。她會回來跟我一塊兒玩丟飛盤，她身邊總是帶著飛盤，她會回來找我。」

幸運與貝拉四目相望。他不願意說任何話，去破壞陽光的樂觀期待，一樣靜默不語的貝拉令他鬆了一口氣。但他的小妹眼神帶著悲傷，雙耳略微下垂。至少，她開始體認到事情改變了許多。如果他們當眞聽進去地犬想要傳達的意思，知道如何調整對世界的觀感的話……又或許他們已經喪失了這種野性的直覺？

他磨蹭貝拉的臉，確定其他狗兒沒有注意到她臉上稍縱即逝的表情，那表情像是帶著不祥的預感。

最後，大家舔著彼此的臉頰，開心地互道珍重，並預祝彼此有個好夢……

什麼？幸運瞠目結舌地望著大家分別向他道過晚安後，分道揚鑣，他們各自踩著愉快的步伐，朝向不同的長爪房子前去。**老天，他們在做什麼**？他們對狗幫的規則難道一無所知。像是團聚一起、服從艾爾帕、彼此相互扶持……幸運從沒覺得自己對狗幫有如此深入的瞭解。

令幸運感到憂心的不止是他們分道揚鑣的舉動。這條街上的房子矗立依舊，雖然只剩下空殼，其中幾道牆壁龜裂嚴重，這是受到大咆哮波及的緣故。許多房子的窗戶震碎，門縫下方滲出水，在馬路中央形成了一個小水窪。空氣中還傳來長爪排泄物從地底噴濺的惡臭，嗆鼻的氣味令幸運彷彿聞到危險的存在。

「你們確定要在這裡過夜？」幸運在貝拉身後停下來，貝拉跟著停下腳步，一臉狐疑。

「怎麼？噢，現在很安全，幸運。別擔心。大咆哮已經遠離了。」

「它也可能再回來。」他提醒妹妹，「長爪有許多的房子損毀，瞧瞧這牆……傾斜了。從牆壁鑽出的扭曲物像蛇一樣，你難道沒察覺其中暗藏著看不見的電流？沒聽見它發出嘶嘶聲響？」他回憶起老獵人差點被電死的畫面，仍然餘悸猶存。幸運可不想要再重複那次的驚險救援。「這地方依舊危機重重，貝拉。誰知道大咆哮是否就此罷手？」

「噢，幸運。」貝拉心疼地舔著他的臉，「看看陷阱屋對你的折磨，難怪你老是緊張兮兮。但這裡是我們的家呀。眞實、適合居住。」

「我不知道。」他的頸背高聳，「我認爲我們該睡在室外。你們爲什麼要分別入住不同的房子？我對狗幫或許稱不上瞭解，但你們不是應該團結一起嗎？夜裡彼此取暖，相互保護。」

貝拉回望其他狗兒，感到困惑，「幸運，這些都是我們的家，我們得守護房子等主人返家。你難道看不出來這點有多重要？」

不，幸運心想。**不，我真的看不出來**。但他不能照實跟貝拉說，加上她的眼神堅定，他不得不尊重這點。他知道自己最後免不了幫她的忙，跟著她一起進入長爪的房子。至少，他可以爲小妹做到這點。

進入室內後，幸運才明白貝拉不願待在室外的原因。長爪的家當翻倒、毀壞是事實，牆壁上布滿大洞，順著地面延伸至天花板。但室內乾爽，無疑比外面的馬路舒服許多。

對一隻栓鍊犬而言這裡的確適合居住，他提醒自己。

幸運在屋內走動，驚訝室內的寬敞，一點也不能跟封閉的籠子相比。他四處查看，感到十分自在。腳爪喀答喀答踩在食物區的硬木板上，鼻子在碗櫃上嗅聞。儘管微弱，他聞到一股特殊的食物氣味，結合了生肉、乳酪和腐敗麵包的味道，卻只能在冰箱門外亂扒，打不開冰箱門，沮喪透頂。聞到貝拉走近身後，幸運轉過身望見她羞怯地站在入口處，垂頭喪氣。

「我打不開冰箱門。主人家裡剩餘的食物全都被我吃光了，我應該預留一些吃的，但我之前實在是餓到不行。」

「別擔心。」幸運安慰貝拉。她真該未雨綢繆，別在第一天吃光所有存糧，但幸運不免提醒自己貝拉沒有這種觀念，她終究是隻栓鍊犬。他再次慶幸自己學會生存之道，知道怎麼照顧自己，納悶著像貝拉這樣的狗如何在這個危機四伏的世界裡生存。

「我的行徑真是愚蠢。」她耳朵垂下，繼續說道，「我是該想到這一點，幸運。我真的明白，其他狗兒可就不這麼想。」

「他們要學的地方還很多。」他說。

「別把他們想得太無能，幸運。」她的目光帶著懇求，「他們向來無憂無慮，毋須爲了生活擔憂。像我就不必爲了下一餐煩惱，我知道並非每隻狗都享有這樣的日子，只是現在環境已經有所不同。」她說完轉身離開廚房。

幸運感到不安，蹲坐下來，用後腿搔搔耳朵，讓自己舒服些、過了好一會兒，他嗅聞四周，抓扒著碗櫃的門，然後又試了試冰箱。他以爪子扒了扒，又用牙齒拉扯門把，感覺牙齒像是要被拔掉，這些門還是打不開。簡直是在浪費時間和精力。

明天我也應該讓自己過得舒服些，他心想，旋即又去找妹妹。

沒找多久，他就在隔壁房間發現貝拉，這裡擺了幾張桌子與燈檯和相片盒，電線的嘶嘶聲響消失了。還有一處寬大、柔軟舒適的小角落，從前他也曾替自己打理過這樣的地方。但他的妹妹卻蹲坐在角落，難過地嗅聞著主人留下來的一小堆首飾。

幸運走近她的身邊，她幾乎不爲所動，只是不斷嗅聞著破抱枕遺留下來的味道，和一件長爪皺巴巴、殘留汗味的衣物，還有一條通常繫在栓鍊犬脖子上的皮帶。眼前這一幕令幸運厭惡地發抖，但是貝拉卻對這些物品萬般依戀。

那些帶有餘味的物品肯定讓她完全沉浸在回憶裡，當幸運上前不捨地舔舔她的耳朵，她突然受到驚嚇，慌了手腳，避開他的目光。

「我只是累了。」她的語調生硬，「這些東西能幫助我入睡，沒什麼。」

幸運不發一語。幾樣長爪的珠寶首飾怎能幫助一隻狗入睡？或許與主人分離對她來說真的很難熬。果真如此，她也會羞得不願意承認。

「來吧，」他輕輕碰觸她的鼻子，「我們得多睡一點，誰知道未來將要迎接什麼樣嶄新的挑戰？」

顯然，這裡是她經常棲息的角落。窩在這個舒適的角落，珠寶旁有一個覆蓋金黃色絨毛的柔軟抱枕，上面強烈散發著貝拉的味道。幸運等候妹妹懶洋洋繞行抱枕，進行睡前儀式，再安頓下來，把頭枕在腳上。此時，輪到幸運進行儀式，必恭必敬繞行三圈後，才闔上眼，向天犬默默許願。然後依偎在妹妹身旁，把頭枕在她的背上。這個角落十分溫暖，抱枕貼合他們的身體，但貝拉似乎略感不安，她的躁動感染了幸運。

幸運抬起頭，張嘴舔舐空氣，貝拉在一旁不安地發出低吠。這氛圍不知道爲什麼格外熟悉，卻不寒而慄。彷彿突然間受到驚嚇一般，他辨認出這感覺就在大地劇烈震動前那一刻曾出現。此時，不安感再次出現，散發出帶著危險的金屬氣味。

「我沒辦法在這裡入睡，貝拉，我辦不到。」幸運低聲說著，四處張望，「萬一房子倒塌怎麼辦？」

「不，不會發生。大咆哮已經遠離。」貝拉在抱枕上躺平，準備就寢，「別傻了，幸運。我們不會有事。」

儘管如此，貝拉可清醒得很，幸運感覺得到。她再次躁動不安起來，最後站起身，低下頭，豎起耳朵傾聽。

「我感覺腳下……」她喃喃自語。

幸運毅然起身，他內心深處知道這是種警訊，而且情勢迫切。「到高處去，貝拉，快往高處跑。」

「好，你說得對，幸運。」

話才說完，腳底的地板便開始蠢蠢欲動。搖動感很微弱，這兩隻狗立即從抱枕上跳起來時，還撞在一塊，摔了一跤。幸運等待貝拉站穩腳，才一起朝走道狂奔，往門的破洞猛衝，向室外的安全處移動。大咆哮造成許多門歪斜扭曲，長爪最討厭的情景，卻讓狗兒能夠輕鬆出入，謝天謝地。

「我們得警告其他狗！」貝拉大喊。

他們還來不及大聲喊叫，其他栓鍊犬早已紛紛奪門而出，朝前院的草坪猛衝。大家六神無主，在弄清楚怎麼回事之前，不敢輕舉妄動，只是拚了命繞著圈圈，大聲吠叫，爪子扒著泥土。瑪莎朝著主人的房子發出嗥叫，準備往屋子裡去。黛西拚命發出吠叫，跟著進入長爪的住處。

「不！」幸運大叫，「大家要聚在一起！待在原地！」

這並非什麼了不起的策略，只是為了安全起見。所有的狗再次帶著信任、渴求的眼神望著他，令幸運一陣毛髮豎起。**沒時間擔心這些了……**幸運心想。

「你們全都貼近彼此，快啊！」幸運一聲令下，沒有一隻狗反對。大家圍著他聚在一起，從這隻狗身上尋求溫暖與安慰，讓幸運內心一驚。

腳下的土地劇烈晃動，止不住的，彷彿要把他們震飛。地犬是否也害怕大咆哮？或者，他們互為一體？幸運不是很瞭解。**求求祢，地犬**，幸運默默祈禱，**確保大家安全無事……**

或許，地犬眞的聽見他的祈禱，因爲大咆哮並未出現，不像那天夜裡發生的恐怖震動。說不定這是地犬的小兄弟，出來擾亂一下，然後再返回祂的地底洞穴入眠。

終於，腳下的大地停止搖晃，天崩地裂的氣息仍殘留在空氣中。多年來，這是幸運頭一回感覺到能夠呼吸的可貴。身旁的其他狗兒甩甩身體，甩開恐懼，增強信心，準備迎接下一個危險的到來。他們並不認爲大地已經歸於平靜，因此沒有各自返回主人的房子，也不再驚恐連連，令幸運不免爲這群狗兒……感到驕傲。

別想太多，他告訴自己。**他們不是我的狗幫**。

的確，他幫了大忙，與同類們聚在一塊兒也很有安全感。但這意味著什麼！如果災情擴大，他們一點忙也幫不上。

是該再次恢復獨身的時候，幸運對自己說。命運掌握在自己手裡，他必須牢記教訓。相互取暖是一回事，但狗幫與互相作伴相比複雜得多，他根本不敢深入去想……

他停止憂慮，因爲空氣中再次充滿新的致命震動。群聚在一起，彼此相互保護已經不太有用。震動傾刻間變成了劇烈的衝撞，石頭崩落，金屬歪斜扭曲，空氣揚起一陣灰塵，遮蔽住所有視線。

幸運怔住不動，蹲伏在地，其他狗也一樣畫葫蘆。他望著前方，瞠目結舌。貝拉附近的那棟房子，如今完全塌陷，只剩一陣塵土飛揚。

隆隆聲響似乎毫無止歇，所有狗兒一動不動，等待灰塵逐漸散去。陽光因爲感到不安而發出嗚咽，麥基也嚇得跟著哀號。

沒有任何東西砸中他們，他把貝拉的朋友們集結至適當的地點，他替自己感到驕傲，並清楚體認到這點。

突然，他的頸背寒毛豎起，剛才的成就感也一掃而空。廢墟傳來毛骨悚然的聲音，如同幽魂般伴隨著痛苦與悲痛，那是出於恐懼的哀號聲。他與其他狗怔住好一會兒，一臉不解，不寒而慄。莫非這是地犬爲這場出乎預料的災難發出的哀悼？還是壓倒世界剩餘一切的最後一根稻草？

突然間，幸運身邊的貝拉抬起頭，發出歇斯底里的嚎叫，幸運驚訝地望著她站在原地，身體不斷顫抖，其他狗兒跟著加入哀號的行列。

「怎麼回事？」他焦急問道，「貝拉！告訴我！」

「艾菲！」她哭喊著，「他還在那棟屋子裡！」

第十章

「艾菲！艾……菲！」陽光瘋狂繞著圈圈，「幸運，想想辦法！求求你！」

幸運轉向他們，差點絆倒黛西。大家全都僵在原地。「誰是艾菲？」

貝拉難過地搖搖頭。「一隻勇敢的小狗。我們發現你時，他並沒有跟我們在一起。他留守在主人家，看守房子。」

「我就知道我們不該扔下他。」黛西喃喃說著，把鼻子埋進土裡。

「我們什麼辦法也沒有。」麥基聲音淒厲地說。

「如果我們進去救他，說不定會小命不保。」貝拉顫抖著身體朝後一退，睜大了眼，望著眼前的斷垣殘壁。

一陣微風吹過，揚起一道灰塵。一片木頭嘎吱發出聲響，落到地面，裂了開來。長爪的房子再次傳來一陣哀號：一隻孤獨的小狗，情況危急且害怕。

瑪莎伸出她的大腳抓扒地面，低頭不願望著大家。「可憐的艾菲，他稱不上是我們的一員，他的行事作風獨立。」

「瑪莎說得對。」貝拉趴倒在地，抹去眼裡的沙，「他不是狗幫的成員，幸運，也還不屬於我們。噢，可憐的小艾菲，如果當初跟我們一起行動……但他很少這麼做……」

幸運的目光在殘堆瓦礫與其他狗之間來回游移。他們談論艾菲的方式爲何像是他已經一命嗚呼？

幸運得大聲吠叫，才能壓過瓦礫堆傳來的淒慘呼喊，讓對方聽見。「你們在胡說些什麼？有隻狗被困在那裡！還有氣息！」

「但我們幫不上忙。」貝拉的耳朵平貼著頭，憤怒地大聲咆哮，「我們一點辦法也沒有。」

「我們得想辦法試一試！」幸運打斷他們。

黛西則是瞪大了眼，望著他。

陽光瘋狂繞著圈，哀號著，「我們不能留他在那裡等死，是吧，貝拉？」她垂下耳朵。「是吧？」

幸運的身旁傳來另一隻狗的低聲吠叫，他轉過身，吃驚地見到個性好勝、身材健壯結實的布魯諾。

「幸運說得對。」布魯諾怒瞪貝拉與其他狗，「艾菲是我們的一員，不論他是否願意，我都要挺身相救！」

「謝謝你。」至少，布魯諾明白有難相救的意義。「你做了狗幫的最佳示範。現在，跟我一起走吧。」

當他倆同時轉過身，準備朝廢墟邁開步伐時，背後傳來陽光的叫聲，聲音高亢，充滿恐懼。「我也要去，但是……」

幸運搖搖頭。**他們把我當成了狗幫的艾爾帕，以為我善於領導，卻對狗幫的精神不太瞭解**，幸運心想。

如果這次行動他們要的是領導者，他願意帶領他們，就當作是離開前，最後一次挺身相助。之後，不論未來有任何困難，他們都必須自己想辦法解決，就算過程艱難。

就幫這最後一個忙，沒有一隻狗應該活生生喪命。事情解決之後，我再離開，他們可以照顧好自己！

「瞧瞧長爪的前院。」布魯諾大聲喊道，「如果艾菲埋在這裡，想必早就沒命了。他的位置應該是在後方廚房的冷藏室，你知道嗎？他睡覺的籃子就放置在那兒。」

「好，布魯諾，你的推理很有道理。」幸運檢視著塌陷的房子，小心翼翼在殘堆瓦礫間走動。房子前半部的牆面倒塌，屋頂完全塌陷。「屋子後方還矗立著一道牆，我們走那裡試試看。」

幸運尋著路徑走到房子後方，帶傷的腳緩緩踩著步伐。耳邊不停傳來艾菲在廢墟中發出的哀號，令人鼻酸。

「艾菲！聽得見我嗎？」布魯諾大叫。

艾菲的叫聲沒有停止過，對於同伴的呼喚聲沒有任何回應。

他們攀上崩落的磚瓦以及後院扭曲變形的金屬物。

幸運來回嗅聞地面，這裡沒有電力，來源處想必已經毀壞了。一棵裂開的高聳老樹遮蔽前院，他緊張地望著這棵樹，它微微傾斜，樹幹裂開，露出樹根。幸運不喜歡聽見這棵樹彷彿發出呻吟，像是充滿痛苦。

幸好及時發現前方地面的碎玻璃，幸運跟在布魯諾身後，小心地繞過碎玻璃。屋後的牆面掉了一扇窗，空盪處留有雖然扭曲變形交錯，但仍整片完好如初的鐵絲網。

「我們可以從這裡進去。」幸運朝窗戶方向點頭示意。

他一腳踩上鐵絲圍籬，又迅速縮了回來，鐵絲尖銳，令幸運不禁想起陷阱屋的鐵籠。他的腳不能再受傷，但艾菲的哀號聲依舊淒厲，使得幸運打從心底感到不捨。**我不能放棄！**

幸運登上一堆殘堆瓦礫，布魯諾跟在一旁。他們同時以牙齒拉扯鐵絲網，幸運嘗試以腳爪將鐵絲網拉向一邊，卻徒勞無用。又改爲抓牢鬆開的圍籬，它卻彈了開來，刺了一下他的鼻子。幸運當下跳開，偏著頭，滿臉挫折。

「這方法不管用，現在該怎麼辦？」布魯諾皺眉道。

幸運明白這隻驕傲的老狗十分倚重他的經驗，立刻信心大增。**我一定辦得到**。

「有辦法了！我知道該怎麼做了！」幸運轉身，跳下瓦礫堆。

「幸運，小心！」

幸運聽見布魯諾的提醒，他抬起頭，驚恐中瞧見那棵呻吟的老樹裂了開來，宛如天犬的天空戰景。

他不能因此畏縮。頭頂的大樹在他面前崩倒之前，他迅速跳往一旁。千鈞一髮之際，差點砸中他的尾巴，幸運感覺到身體後半部有一陣風掃過。

落葉樹枝傾刻間滿天飛，他落地後停下腳步，回望布魯諾，上氣不接下氣後大聲吠叫，感謝對方的提醒，然後迅速奔往貝拉的主人家。

當他跑離艾菲的屋子時，幸運聽見貝拉與陽光不知道在叫嚷著什麼。狗幫的成員仍然聚集在長爪屋前的草坪。那些叫聲不知是要鼓舞他，還是要他停下來？他現在沒有時間想這些。

他抵達貝拉的長爪家時，猶豫著，這棟房子也可能隨時倒塌。當幸運見到破損的牆面，他的前腿忍不住發抖。

我得加緊腳步……

他迅速穿過大門，找到貝拉睡覺的角落，叼起她的柔軟抱枕。軟墊又大又厚，很難咬住，但他對救援計畫非常清楚，這點子再完美不過。他拖著它，穿過大門，抵達空曠處之後，渾身肌肉反而因為放鬆而顫抖。

他停頓一會兒，讓心跳緩和一些，並且在內心迅速謝過地犬對他的寬容，接著趕往布魯諾等候的地方。此時，可憐的艾菲還在拚命地哀號求救。

「我們來了，艾菲。」布魯諾大喊著，安撫他，「我們很快就來救你了！保持冷靜。」

求求祢，地犬，祢是否願意再對我伸出援手，就像那天在貝拉家那樣？讓我們救出艾菲，別讓大咆哮發生……幸運內心再次向地犬祈禱。

幸運與布魯諾將抱枕覆蓋在鐵絲網上，讓抱枕保護柔軟的牙齦免於被鐵絲網刺傷，然後盡可能用力拉扯。鐵絲網鬆脫開來時，幸運感覺到身體朝後方一彈。最後使勁一拉，整片鐵絲網被扯下。

好欸！進得去了！

窗框四周依舊殘留不規則的碎玻璃，但他們將抱枕墊在其中，緩緩鑽進長爪的房子。

布魯諾站在散落著石塊的地板，氣喘吁吁。「艾菲！你在哪裡？」長爪的椅子下方傳來微弱的呼喊聲。幸運咬開破損的木頭與鐵片，發現被困在其中的艾菲。布魯諾鑽進木頭椅腳，一把抓住艾菲的項圈，拉他出來。

小狗顫抖著身體，平躺在地好一會兒，才搖搖晃晃起身。他緊張地望著幸運。艾菲彷彿是縮小版的布魯諾，一樣身材結實，有張圓臉，而他一身烏黑，兩隻前腿卻是白色。

「謝謝你。」他虛弱地道謝，難過地望著殘破的家園。

「走吧，我們帶你出去。」布魯諾咕噥著。

幸運小心翼翼地領頭，越過散布石塊的地板，穿過破窗戶。布魯諾得用頭輕推艾菲一把，幫助這隻小狗越過窗戶。

「你現在得跟我們一起行動，艾菲。」等他們安全逃出後，布魯諾對他說。

「好吧……嗚嗚，我可憐的主人！」艾菲望著房子的殘堆瓦礫，難過的哭著，「牠們在哪裡，到哪裡去了？看看這裡！牠們回來後，要怎麼辦？」

幸運眨眨眼。**這些栓鍊犬為何如此設身處地替主人想？長爪離開時，哪裡會想到他們呢**？「別替牠們擔心。」他放大音量，「現在重要的是照顧好自己。」

艾菲抬頭望著幸運，後腦杓抵著脖子，不安地眨眨眼，問道：「你是誰？」

「他是幸運。」布魯諾打斷他的話，「你也一樣福大命大，沒被壓死在房子裡，我們走吧。」

返回大家聚集的草坪時，眾狗豎起耳朵，繃緊神經等候著。幸運輕蔑地望著他們。

我們拯救了艾菲，你們卻不幫一點忙……

貝拉走上前，試探性地舔舔幸運的耳朵。「很高興你們平安無事。」

她帶著罪惡感小聲地說。

他的喉嚨發出隆隆聲響，還不打算原諒她。一陣微風掀起灰塵，其他狗兒則是避開他的眼睛，眨著眼望向長爪傾斜的牆面。四周的蕭寂更顯現這群狗兒被遺棄的心情。

陽光率先回神，她朝艾菲走過去，一臉歉意舔著他，表示歡迎。不久，其他狗兒跟著加入，磨蹭這名他們幾乎出於恐懼而放棄的朋友。

「看見沒，貝拉？」陽光說，「我就知道幸運會救他出來！我知道他肯定辦得到！」

「我也有救他。」布魯諾發著牢騷。

「當然了，勇敢的布魯諾！」陽光表達她的敬佩之意，「搭救有難的狗是義舉，貝拉！你不該阻止他們。」

「嘿！」瑪莎抗議道，「你不也一樣，陽光。」

「等等。」艾菲從這群互相推卸責任的狗群中走向前，偏著頭問，「貝拉？」他感到不可置信。「原本你打算把我留在那裡？」

原本開心的吠叫因爲罪惡感而陷入沉默，貝拉垂下頭。

「艾菲，你不能生貝拉的氣，謹愼行事並沒有錯。」麥基走近貝拉，磨蹭她的脖子。「我們不知道長爪的屋子有多危險，悲劇很可能發生。布魯諾和幸運也可能因此喪命。貝拉做出艱難的決定，她是爲了大家的安全考量。很高興他們成功救了你，你安全沒事。」

貝拉心存感激地舔著這隻狗的黑白臉龐，艾菲不情願地點點頭。而幸運不發一語，思索著。

麥基說得對，貝拉的作法情有可原。但是……

但是聽見艾菲淒厲的呼救聲，幸運無法見死不救，加上其他狗兒的顧慮更加令他覺得情況緊急，不得不挺身相救。出於狗兒的直覺與狗靈的自覺，他越發感受到危急存亡時，他有多仰仗這份自身的力量。

這麼說來貝拉的狗靈呢？

幸運躺平在地，頭枕在腳上，難過地望著妹妹。她內在的狗靈沉靜、壓抑、深埋於心，她早已遺忘它的存在。從前的狗兒十分仰仗內在的狗靈處事，但是貝拉像長爪一樣理性思考。

幸運感到焦躁，起身走近貝拉。她似乎顯得不安，其他狗兒也是如此。麥基穿戴著腳套四處走動，幸運認得這腳套，類似小長爪在街道上玩球時戴的手套；瑪莎坐在枯萎的樹下，耳朵低垂；陽光則是咬著幾片葉子，表情悲傷；而麥基則在長爪的房子前面來回踱步，望著搖搖欲墜的房子，不安地嗅聞。艾菲則是把頭枕在腳上，認真思索。

他們全都沒有通過狗幫的第一道試煉，幸運心想。**他們心知肚明**。

幸運輕聲叫喚，將妹妹拉向一旁。

她望著幸運，尾巴低垂搖擺。

「別說了，幸運。」她似乎不想再提此事了，「我不是不在乎艾菲的安危，我也不願見到他受到任何傷害。但是我害怕大家跟你的安危。」

「你不必向我懺悔，貝拉。」他語氣和緩，卻讓她寒毛直豎。

「我不是要尋求原諒！我做出合理的決定，你的行爲卻跟我相互違背。如果你死在長爪的房子裡，那都要怪你自己。」

「你不必替我擔心！我一向可以照顧自己，而且習慣如此。」

「但布魯諾可不是這樣，我們全都不是！」她打斷他的話，「你必須明白，幸運。我們不像你，我得憑藉自己的判斷做出決定，而你成功營救了艾菲，卻也可能做出錯誤的決定！到最後可能是災難一場。你不需告訴我，我做了錯誤的決定。」

幸運怒視著她。「我知道。但重點是你……」

一陣呼天搶地聲劃破空氣，大家轉過頭朝陽光怒目而視。

「黛西！」陽光四下張望大聲喊叫，瀕臨崩潰的邊緣，「黛西去哪裡了？她不見了！」

第十一章

黛西又惹了什麼麻煩？幸運納悶。

陽光又瘋狂繞著圈，瑪莎來回踱步，麥基則是忙著將大家驅趕至幸運身邊，但群狗陷入歇斯底里，無心理會。

「我們得去找她。」布魯諾說，「我們必須找到她，但要上哪裡找才對？」

「我們不能袖手旁觀！」陽光大喊道，接著低聲喃喃說著，「不能像上次那樣。」一陣羞愧令她垂下耳朵。

「布魯諾說得對！」貝拉驚呼，「我們必須想想辦法！」

是啊，幸運心想，感到惱火，**話說得很好聽卻都不採取行動！**

他跳上殘堆瓦礫，一聲令下。

「你們冷靜下來！」當他們望著他時，幸運搖搖頭，「安靜——大家七嘴八舌幫不了黛西的！我可以試著嗅聞她的下落，她應該不會離開太遠。」

幸運左手邊是一整排長爪的房子，低矮房舍，乾淨整潔，前院草坪修剪整齊。儘管窗戶碎裂，牆壁塌陷，但這些房子的損害程度似乎少很多。幸運朝眾狗走近，嗅聞著，豎起耳朵，想查出黛西的任何蛛絲馬跡。他與貝拉發生爭執時，他看見黛西朝其中一棟房子而去。房子前院的花園有個破損的鞦韆，台階上有隻不會動的石兔，其中一隻耳朵折斷了。

貝拉與麥基待在幸運的正後方。他們不希望自己躊躇猶豫的模樣被看見。

其他的狗站在原地望著，眼神帶著懇求。幸運很難集中注意力，但似乎還有其他東西阻擋了黛西的氣味。空氣中彌漫著不尋常的刺鼻味，令狗兒感到作嘔、頭暈目眩。

他彷彿聞到黛西的氣味，卻無法鎖定她的確切位置，刺鼻的強烈味道令他頭暈、胃痛。幸運抬高頭嗅聞飄過來的微風，靜止不動。那味道似乎來自……

黛西的家！

「退後！」他用力大喊，頸背高聳。刺鼻的味道彷彿透露著什麼，卻並非死亡的氣味，但他的直覺卻要他避開。

幸運小心翼翼地朝黛西的屋子前去，味道越來越強烈。他的雙眼泛著淚水、胃部翻攪，忽然，他感到一陣暈眩，差點摔倒在地。

黛西的味道確實是從這裡傳出的，幾乎要被強烈的刺鼻味掩蓋。**她在那裡！**儘管搖晃不穩，她仍舊站直身體，從破損門廊的歪斜陰影中朝幸運眨眨眼。她的眼神渙散，看起來像是隨時要倒下。

幸運使勁往前衝，抓緊她的項圈，眼睛流著淚，刺鼻味朝他撲鼻而來。幸運抓住她時，她輕輕發出低吠，他帶著黛西轉身，朝群狗的方向去。就連奔跑中，幸運仍感到身體搖晃不穩，直到返回焦急的群狗間，刺鼻味道已經減輕許多。等到味道消散後，他才讓黛西躺在草皮上，站在她身旁氣喘吁吁。因爲頭暈目眩，他連話都說不清。

黛西此時陷入昏睡，躺在地上一動不動，身體幾乎沒有起伏。幸運用力舔著她，貝拉上前加入，其他狗兒則是驚恐地望著。

「她爲什麼睡著了？」陽光大叫，「你們爲何拔腿狂奔？」

「快啊，黛西，醒醒。」貝拉大喊。

黛西彷彿沒有了生命跡象，呼吸微弱，身體起伏的頻率越來越少。是否不久後就會停止呼吸？她的雙眼翻白，嘴角吐出泡沫。瑪莎伸出其中一隻巨大、長蹼的腳爪，她的舉動比幸運想像的大型犬還要溫柔，她拭去麥基嘴角的泡沫。

「別死！」貝拉急切喊道，她輕輕以腳爪戳著黛西的身體。沒有任何動靜。

「走吧，最好讓她躺在這。」幸運對妹妹說，她內心深處的狗靈此時已經離開了她。幸運轉過身去，低下了頭……

「等等！」貝拉大喊著，貼近黛西，「你看！」

貝拉說得對。這隻小狗抖抖身體活了過來。她睜開眼，顫抖身子。她的其中一隻腿抽搐，尾巴虛弱地搖擺著，黑色的雙瞳睜了開來。儘管她的目光依舊渙散，幸運卻大大鬆了一口氣，他蹲坐一旁，望著貝拉舔著黛西的臉。

「噢，黛西。你終於沒事了！」貝拉蹭蹭她，「究竟發生什麼事？你去哪裡了？」

黛西搖搖晃晃坐起身子，搖頭晃腦試圖找回平衡。「眞是抱歉。你們七嘴八舌吵著，而我不想要聽你們吵架。」

麥基走上前，舔舔她的鼻子。「你可眞會挑時間遊蕩！」

「我只是想去瞧瞧主人的房子是否沒事……結果聞到一陣怪味……」

黛西搖搖頭，感到些微害羞，不過她的雙眼再次變得明亮，耳朵豎起，狀態穩定許多。

「我從沒聞過這麼難聞的氣味，甚至比臭鼬的味道還難聞，有一回我身上的臭鼬味害我得睡在車庫。我不知道房子傳出的味道是什麼，如果我知道，一定會通知大家。」黛西感到過意不去，「味道從廚房飄出，我走近聞個仔細……結果感到一陣噁心、頭暈。我想你們應該知道如何應對，但是我似乎站不直腿，感覺十分不舒服。」

太陽犬爬上了長爪破損的屋頂，當幸運望著搖搖欲墜的牆面以及破損的道路，他的寒毛豎起。

「聽著，大家。」他眼神堅定，望著群狗，「你們得離開這裡，刻不容緩，這是爲了你們好。」

「你在說些什麼？」貝拉大叫著，露出牙齒，「我們不能離開！」

幸運朝後退了一步。「貝拉……」

「這是我們的家呀！」她大聲咆哮，「我們要等候主人回來，我不期望你能夠瞭解，但我們不能離開，還不是時候。」

幸運瞠目結舌好一會兒。不，他的確不明白。但貝拉如此激動，害得他胃部抽筋。

其他狗兒垂下尾巴，耳朵平貼著頭，目光在貝拉與幸運之間游移。貝拉情緒激動，頸背高聳。

「但是貝拉……」黛西小聲說。

「不。別聽信幸運的話，黛西！他是隻聰明的狗，卻是隻獨行犬。他不瞭解長爪，不明白我們為何不願離開的原因！」貝拉望著哥哥，露出牙齒，「我知道你不同意，幸運，不過我們對於主人很忠心，不可能放棄牠們的家園。」

「貝拉！」幸運氣憤大叫，「看在天犬的份上！你難道還不明白？這裡十分危險——那個怪味道差點害死黛西。艾菲的家園毀了，但房子的主人卻不是他，而是他的長爪，艾菲的長爪離開了他，就像牠們離開你們這群狗一樣！」他顧不得禮貌大聲爭辯。

貝拉像吃了敗仗，卻仍然大聲辯駁。「牠們不是故意這麼做的！」

幸運大步向前，噘起嘴。「噢，牠們一向如此。這些長爪的房子崩塌了呀，貝拉。」幸運帶著厭惡與驚恐的眼神回望那些建築。建築物襯著灰濛濛的天空，顯得更加扭曲、搖搖欲墜，彷彿隨時會倒塌。「牠們會有很長一段時間不再回來，殘堆瓦礫中傳來的是死亡的氣味，宛如地犬發出的氣息！」

瑪莎驚恐地發抖，陽光則發出令人同情的叫聲，貝拉卻只是默默用腳爪扒著地面。「你眞是迷信，幸運！我不知道這是什麼味道，但是絕對與地犬無關。」

幸運搖搖頭，頸背高聳。「你怎麼知道？我們無法得知黑暗中的一切？幸運的話，地犬或許會保護我們免於受到大咆哮的傷害。要是她覺得我們不值得她的保護呢？我們這群蠢狗，笨到察覺不到危險？也許她會放棄拯救我們。」

「你在胡言亂語！」貝拉打斷他。

幸運大聲斥責：「這地方會害你喪命，你不能留在這裡。經歷過這一切之後，你難道還不願意相信我？我難道沒有幫你脫離困境？而你的長爪是否留下來幫忙做這一切？」

沉默中，不知道是誰發出啜泣，七隻狗兒低下頭，都夾著尾巴。就連貝拉也垂頭喪氣，頭一次表現出對一切感到不確定的模樣。

「我們還有哪裡可以去呢？」布魯諾問。

「我不知道。」幸運蹲坐下來，搔搔耳朵，驅散心中的怒火，「我想貝拉可以跟我一起離開一段時間，或是選擇帶領其他的夥伴到其他地方。我知道你辦得到。」

「我辦不到。」貝拉喃喃說道。

「不管怎麼說，」幸運繼續往下說，「你都必須找一處新地方落腳。你明白這點，不是嗎？」

黛西的尾巴緩緩、怯生生地拍打草坪，揚起一陣灰塵。「如果我們離開，離開了這裡，牠們要怎麼找到我們？我們的長爪回來後，要如何找到我們？」

幸運發出銳利地咆哮聲：「你必須放棄你的長……」

他轉身怒視著她，望見她那雙大而深邃的眼睛。在她身旁的陽光也是相同的模樣——痛苦、困乏，極欲獲取安慰。幸運深呼吸，強迫自己冷靜。畢竟，是他對他們要求太高了。他們被舒適的太平日子給寵壞了。他們不僅是栓鍊犬，而且還是一群缺乏狗靈的狗兒。

迷失自我的一群狗。

他靜靜陳述：「如果地犬依舊在氣頭上，如果大咆哮會再回來，我們就必須離開。你們打從心底明白我說的是事實。停止跟長爪一樣的思考——感受內在的狗靈。我敢說它就存在你們的內心。」他疼惜地舔舔黛西的臉龐，聲音聽起來遠比自己感覺的還要有自信。「你們不會有事。我知道你們是一群堅強的狗。也許有一天你們的長爪會回來。如果你們見到其他長爪也都跟著回來，這個地方恢復以往的安全，你們也可以再返回家園。」

幸運心裡為自己撒了謊而深感罪惡。他十分確定牠們的主人再也不會回來，何必呢？牠們的家園崩塌，家當毀損。但是此時，他明白這群狗需要相信長爪會為了他們而回來。他重拾信心，豎起耳朵，望著大家。

群狗一隻接著一隻嗥叫，默許幸運的說法，接著都低下了頭，悲傷地搖著尾巴。

「沒錯，」貝拉最後開口說，「你說得對，這地方充滿危險，我們跟你一起走。但我們必須先做件事，取回我們的隨身物。」

她向群狗點頭示意，他們一致轉身朝各自的主人家前去。只有麥基留在原地，站在幸運的身邊，保持靜默，耐心等待。

幸運望著大家離去。他究竟說服了他們沒有？奉天犬之名，他們究竟要回去做什麼？

「黛西！」他大喊道，他看見這隻小狗正朝那個充滿惡臭的院子前去。「你在做什麼？你不能回去那裡！」

「我得去拿個東西。」黛西回答。幸運驚訝地望著她深呼吸一口，越過草坪，進入長爪的家。他不得不屏息以待，直到她的身影再度出現，嘴裡咬著東西。

每隻狗接二連三各自從主人家帶走隨身物品，沒有一件物品具有實際用途。瑪莎強而有力的下顎此時咬著一條紅毯；陽光則是刁著一條鑲有鑽石的皮帶；麥基咬住一個陳舊的皮包，收納寶物的皮包跟他在購物商城看過的款式一樣；艾菲回不去崩塌的家園，只能在滿目瘡痍的前院遺憾地拾起一個橡膠球；布魯諾的寬下巴淌著口水，弄濕了長爪的棒球帽。

此時，他見到了麥基沒跟大家一起返家的原因：他隨身帶著一個棒球手套。

至於貝拉，她怒視著幸運，將一隻破爛的塡充熊擺放在他的腳跟前。「這些物品留有主人的氣味。」她低啞著嗓子對他說，「我們需要這些物品保有對過去的回憶。」

幸運略顯猶豫，望著這些東西，然後點點頭。至少，他們已決定踏出正確的一步，或許他應該體諒他們，對他們身爲栓鍊犬的傷心過往設身處地著想。

「當然。」他舔舔貝拉的鼻子，展現他的諒解，「你們當然可以帶這些東西離開，現在跟我一起走吧！麥基，你負責殿後，這是你向來擅長的事。我們朝小山丘出發前進。」

當群狗們靜靜穿過郊區的街道，幸運試著不去回望從前那個令他自在穿梭的城市。他難過其他的狗仍不時停下來，回首過去的舊生活，總是充滿遺憾。那個喧鬧、活力滿滿的城市如今已是滿目瘡痍，他們將永遠離開這裡。籠車的轟鳴聲遠遠傳來，遠方的街道傳來了牆壁倒塌時，鐵製品的呻吟和玻璃碎裂的聲響。此外，徒留下一片沉寂，以及死亡的氣味。

毋需回顧過往，完全沒必要……

第十二章

當四周的景致愈發不像城市的樣貌，長爪的房子越發零星四散，幸運的精神爲之一振。他早已遺忘從前他有多喜歡廣闊平原的自在——偶爾還有覓食探險的機會。

他有過幾回經過郊區的經驗。通常是爲了追捕兔子，或是陷阱屋的長爪來到大街，他必須離開城市幾天，避避風頭。如今，他感到內心一陣激動，心癢難耐。他可以再度嘗試野外覓食，兔子、松鼠，甚至是地鼠！

這地方還稱不上是野外，卻愈來愈接近。一整片低矮樹叢、蔓生的雜草與破損的圍籬在他們眼前展開。雖稱不上野生地，也不算是座公園。一條蜿蜒小溪流過金雀花與野草，寬度約莫兩條狗的身長，溪水表面平靜無波，緩緩流著。群狗聚集在他身邊時，幸運豎起耳朵，興奮地喘著氣。

「有水！」他大聲喊道，衝往水邊。

距離水邊大約還有幾條狗的寬度，他嘎然止步，身上寒毛豎起，河水的臭味撲鼻而來。他的喉嚨發出低吼。

貝拉跟著緩下步伐，在他身邊停下來，其中一隻腳還停在半空中。她嗅聞著空氣，一臉狐疑，其他狗兒跟著加入。

「這條河水的味道不對勁。」她說。

「非比尋常。」幸運語氣肯定，緩緩遠離這條閃爍嶙峋波光的小溪。

「怎麼會有問題？」艾菲興奮大喊，奔跑過群狗，匆忙間，差點撞倒陽光，「走啊！」

「艾菲，不！」幸運追趕在這隻圓胖小狗身後，儘管艾菲發揮最快的速度猛衝，幸運的速度更勝於他。

幸好，艾菲四肢短小，幸運繃著臉心想，眼下只差一步之遙，他已經超越這隻小狗，抓住他的脖子。

艾菲在驚嚇中，不斷掙扎，四肢拍打著水面。「放開我！放開我！」

幸運態度淡然，轉身，朝一群飽受驚嚇的狗兒前去。他們接近溪水，因爲艾菲的緣故立刻抽身，此時聞到了撲鼻而來的臭味，渾身發抖，頸背高聳。幸運突然放開艾菲，小狗一陣狼狽，搖搖身體，甩開遭受無禮對待的尷尬。

「你難道沒聞到怪味道，艾菲？」瑪莎朝他搖搖頭，「溪水不乾淨。」

「溪水怎麼會有問題？」他氣憤難耐說，「主人家的水乾淨得很！」

「長爪家的水經過消毒，經由管子輸送。」幸運咆哮，「到這來，但是別碰溪水。」

他輕推艾菲到溪水邊，其他狗兒跟在後頭。聞到惡臭後，他緊張地止住腳步。「瞧見沒？看仔細！」

他感覺一旁的艾菲渾身發抖。「不可能是這樣。」

大家走近一看，才發現河水更加停滯不動，溪水混濁、黏稠，呈灰綠色，無法見底。更糟糕的是，河面結了一層表皮，散布著怪異的色澤，像是傾盆大雨過後，點綴在天空的帶狀顏色。

幸運見過這類污水。籠車故障時，身上的液體流至馬路，形成一窪黑水，就像這樣，但眼前這條河更糟。儘管他不喜歡籠車血液散發的味道，但是這條河水情況更糟，氣味濃重、有反胃感，燒灼他的鼻子。

「這完全不像條河。」瑪莎忍不住發抖。

幸運驚訝地望著這隻巨型紐芬蘭犬，然後望回水面。她說得對，幸運心想。

「我想這是大咆哮劃傷地面的痕跡，我曾差點掉下去。」幸運回想那天事發經過，仍忍不住發抖，「但這條裂隙填滿了水，不知道源頭在哪，只是看起來像條河而已。」

貝拉嚇得大喊：「我們趕緊離開這裡，別再莽撞行事，艾菲！你得聽話。」

這責罵令艾菲顯得怯生生。「好啦，貝拉。對不起。」

大家轉身離去，越過平原，離破損圍籬不過一半距離，布魯諾豎起耳朵，停下腳步，一臉驚愕。

「長爪！」他大喊。

眾狗立刻止步，豎起耳朵，傾聽布魯諾聽到的聲音。幸運認出長爪的聲音從矮樹叢那頭傳來。只有幾名長爪，但牠們怎會聚集在有毒的河邊？

他的心跳加速，想往反方向跑開，但是其他狗兒一點也不擔心。他們急著朝聲音的來源嗅聞。

陽光開心大叫：「我們上前打聲招呼吧！」

「牠們在哪裡？在哪裡？」黛西興奮地繞著圈。

「冷靜下來。」幸運焦急大叫，「別引來注意！你們得提高警覺。冷靜！」

大家完全不理會他。瑪莎、麥基和布魯諾全都發出深沉、興奮的嗥叫，貝拉急切地朝草原的一角奔去，氣喘吁吁，開心地豎起耳朵。

「那裡！牠們在那裡！在那座高塔旁！」

幸運怔住不動。的確，有一群長爪出沒，身穿黃色外衣、戴著黑色面罩！他記起自己曾在大城裡見過牠們。牠們並不友善，怪異的裝扮與看不見眼睛的臉令幸運渾身不自在。「等等……」

太遲了。

「噢，好欸！」黛西連聲叫喊，然後奔往長爪的方向。

「黛西！」瑪莎驚覺大喊。

群狗追逐在她身後，由貝拉領頭，但是黛西一馬當先，興奮之情令她的短腿展現出驚人的速度。黛西抵達長爪身邊時，又叫又跳，繞著牠們穿著靴子的腳邊打轉，其他的狗離長爪還不到一半的距離。

長爪無視黛西，幸運見狀鬆了一口氣。或許黛西會因此得到暗示，離牠們遠一點……

然而，有誰能夠對黛西的舉動不加理會。當她出於友善的吠叫得不到回應，於是轉而朝穿著鮮黃色外衣的長爪腿部一咬，拚了命拉扯，笑鬧地甩動。

長爪受到驚嚇，往後一跳——幸運來不及發出警告，長爪便態度粗魯地抬腳甩開腿上的小狗。黛西發出一聲慘叫，摔落在地。

「黛西！」陽光大叫。

愚蠢的長爪！幸運止住咆哮，迅速往前奔跑，望見黛西顫抖著身子，嘗試起身。

穿著鮮黃色外衣的長爪準備轉身離去，彼此竊竊私語，比劃著手上發出嗶嗶聲響的長棍。幸運衝向黛西身邊，她搖搖擺擺站起身。

「我必須……長爪……」她上前一步，目視離開的長爪。

幸運心裡一沉，發現黛西還想追上去。

「不，黛西！」他阻擋在她前面，不讓她離開。

這隻小狗一臉困惑，內心感到驚訝而非受傷。「長爪爲什麼這麼做？

我得……」

「不，別跟上去！」貝拉此時來到她身邊，舔舔長爪朝她身上猛踢的部位，「別理會牠們！」

群狗靠過來圍著黛西，彼此的目光茫然與驚恐。

「長爪向來不會如此！」瑪莎哭喊道。

「我眞是不明白。」陽光難過地說著。

「我從未見過長爪傷害一條狗。」麥基仍處於驚嚇的狀態。

幸運搖搖頭，驚訝大家竟如此天眞。「我見過。」他口氣嚴肅。

貝拉眼神憂慮，望著幸運，但她更擔心黛西，此時，她坐起身子，低聲說：「別擔心，黛西。這些不是我們的長爪，牠們一點都不像。見到牠們身上怪異的裝扮，無臉的樣子嗎？」

「我們離開這裡吧。」瑪莎輕推著黛西。

幸運跟在衆狗身後，他們灰心喪志走回原來的路，卻發現麥基並未跟上來。「麥基，快跟上腳步啊！」

麥基轉身面對他。「我感覺得到有東西一直跟在這群長爪身後。」他走向幸運，小聲說，「牠們在做什麼？」

「我不知道。」幸運坦承道，「我在大城市見過無數長爪，從沒見過會發出嗶嗶聲的長棍。看樣子牠們想查明河水發臭的原因——牠們為什麼這麼靠近水邊？」

「我不喜歡這樣。」黑白花紋狗搖著頭，「大咆哮發生後，牠們是我們唯一見到的長爪！其他長爪都上哪兒去了？」

「牠們逃命去了……」

「但既然牠們不打算回來，眼前這幾名長爪又為何而來。狀況不太妙，幸運，我有不好的預感。」

我也不喜歡這樣，幸運自言自語，但有誰能真正瞭解牠們呢？**牠們跟我們不一樣，不論這群狗怎麼想……**

「我沒有任何答案。」最後他開口說，「但我只知道一件事：我們必須盡可能離開這裡。走吧，麥基。我們越快離開這座城市到野地去，就會越安全。」

第十三章

如今，野地成了我的家園。幸運心想，他終於下定決心遠離城市。離開那群長爪以及有毒河水後，他們已經走了很長一段時間。

抵達第一座山頭時，幸運才轉過身，氣喘吁吁，俯瞰著荒原般的城市。他從未以這個角度望著從前的居所。這景致如今看來竟如此不協調——依舊矗立的建築物朝前傾倒，岌岌可危。隨處可見的裂隙不斷噴出水，龐大、閃閃發亮的金屬刺向天空。地面的大坑洞，大口吞噬著他的城市。那地方還存在任何栓練犬，試圖在一片廢墟中求生存嗎？**少了主人依靠，他們不會有機會活命的。這裡的一切將永遠改變。**

儘管如此，他允許自己對這座城市做最後的一瞥。他的雜行軍遠遠落在後頭，隊形鬆散。他望見陽光落後其他成員一大截，她的白色——如今已稱不上白色——長毛已經卡在荊棘叢六次。幸運沒好氣走回她身邊，用牙齒拉扯枝幹，解開打結的毛，拉開其中一綹毛髮時，她忍不住大叫。

「好痛！」

「冷靜點，又不是世界末日。」

「噢，這麼說你樂見我掉毛呀？你看看我的樣子！」

幸運不理會她，逕自返回帶頭的位置。他心想，抱怨聲連連的不只有陽光，群狗也都一樣怨聲載道。

「你們表現得很好！」他朝大家信心喊話，即便是森林之犬也會說出這樣善意的謊言，「繼續趕路，別氣餒。」

幸運叫喚幾聲鼓舞大家。他憂心他們會完全迷失在曠野中，他們其中有誰自己獵食過，或是尋覓安身處？

若少了我，他們支持不了幾個鐘頭，他心想。**一有暴雨的徵兆出現，他們拚了命也要返回殘破的家園。**

幸運腳步遲疑，回頭張望，他看見艾菲停下來，趴倒在地。

「該休息了吧？」這隻小狗嚷嚷道。

「瞧瞧我這身毛！」陽光發出哀嚎，絕望地搔搔肚子。

「陽光，住嘴！」貝拉打斷她的話，「現在不是聽你抱怨的時候！」

「大家，集合一塊兒。一、二、三……好，很好……還有黛西。好！幸運，大家能夠多休息一會兒嗎？要大家跟上腳步的確有點困難……加上我的腳底痛死啦……」麥基疲憊地集合衆狗，放下他的手套，如此一來才可以用鼻子把大家推前集中。

幸運蹲坐下來，望著他們。他很高興麥基幫上忙——留意落後者，驅趕脫隊的狗。此時，就連他也忍不住要抱怨！

「我們得繼續趕路！」幸運說。

「爲什麼？」艾菲不解。

幸運站起身，搖搖身子，試圖甩開他的挫折感。他的直覺不斷叫嚷著要他繼續前進。「我們不能因爲腳底痛或是喘不過氣這些理由停下來！這可不是散步，而是在逃命。你們到底想不想活命？停下來休息的話，很快就會見到地犬，我敢向你們保證。」

其中幾隻狗忍不住低聲抱怨起來。

「幸運說得對。」布魯諾跟著附和，「走吧，大家。」

衆狗再度啓程，嘴裡咬著主人的小物，依舊輕聲埋怨，幸運試著把他們的抱怨聲拋到腦後。幸運對他們越來越不感到同情，就連貝拉也對眾狗失去耐性。她對幸運粗魯無禮、亂發脾氣，對麥基和瑪莎頤指氣使，不留情面責罵同伴。

「陽光，難道你就不能避開荊棘叢，別再讓毛髮打結，蠢狗！」

要不是幸運自己也受不了陽光的行徑，恐怕要站出來替她說話。他盡可能不讓貝拉跟陽光影響他。至少，他的腳傷好多了，步伐穩健，足以立下模範。倘若他不夠果斷，群狗想必離不開大城。

正在氣頭上的貝拉，腳程飛快，幸運也樂得讓她領頭一會兒。她走在群狗前面，腿部肌肉用力擺動。他幾乎可以聽見貝拉腦袋裡的抱怨聲。他放慢腳步，注意其他狗的動作，與麥基並肩而行。

「謝謝你讓大家跟上彼此的腳步。」他說，「我們不能失去任何一位。」

「別擔心，這點我很在行。」麥基嘴裡咬著手套喃喃說道，他微微調整位置，讓他可以更輕鬆說話，「大家很幸運有你帶頭。」

「只是暫時。」幸運迅速搭話，不免感到一陣焦慮──他不想讓麥基出現他是艾爾帕的想法，他希望他們沒有他也一樣堅強，「知道嗎，少了主人的東西，你們會表現得更好。」

麥基點點頭，卻仍緊咬住手套。「我知道，但我離不開這個東西，這是小主人……牠……」

麥基望著幸運時，幸運深深感覺到他的棕色眼瞳閃過一絲悲傷，不禁搖著頭。「我很慶幸我的長爪不把我當一回事。」他對眼前這隻老狗輕聲說，「也十分慶幸跟你們的命運大不同，你們的主人最後傷透了你們的心。」幸運知道自己這番話很殘酷，但麥基應該聽到實話。

「牠們並非有意如此，幸運。我的主人之所以丟下我是因爲不得已，我很清楚。」

幸運嘆了一口氣。「都是一個樣。我很慶幸我沒有過分依戀自己的主人。」

麥基帶著同情的目光望著他。「貝拉跟我描述過你的遭遇，牠們跟我認知的長爪不同。」

「嗯。」幸運冷冷回答。

「說眞的，大部分的長爪都很善良。我生病時，主人細心照料我。牠們會餵我吃美食，每天帶我到狗公園玩耍。我每天跟小主人同床共枕，當時我自己也是隻幼犬。我的責任是不讓牠作噩夢，但我自己卻如此。我們彼此互相照應一段時間後，才被分開。大部分長爪都是這樣，牠們是狗兒的朋友。」

「你運氣好。」幸運回答。聽起來不錯，他心想，**如果你們真的這麼覺得，牠們又為什麼拋下麥基呢**？

大城逐漸隱沒消失在他們身後，頹圮傾倒的建築與破損鐵片不再出現。儘管大家怨聲載道，幸運對群狗的表現還算滿意。就算大咆哮再次降臨，他們早已遠離那些嘶嘶作響的電線，或是壓垮他們的大石。

太陽犬盛氣凌人，四周傳來蟋蟀聲響，遠方出現一叢叢黑影與矮樹叢。他抬起鼻子，嗅聞微風。

不會吧？

沒錯！他認得這清新的味道，以及甜美的滋味。**是水**！卻不是那條帶著苦澀與腐敗味道的灰綠色河水。霎時，他感到喉嚨乾渴，一想到清水湧出的畫面就令人難以抵抗。他朝前狂奔，大聲吠叫。

「快呀！大家，前面有條河！」

彷彿天犬突然間賦予他們一雙翅膀，一群狗奮力往前衝，個個興奮莫名。幸運與貝拉並肩奔跑，就是那裡，河水在太陽的照射下閃閃發亮，清澈小溪流過石頭。

「河水安全嗎？」艾菲憂心問道，「你認爲它有毒嗎？」

「這條河沒問題。」幸運說，「你自己聞聞！味道清新。」

「他說得對，我聞得到魚兒在水中游。」陽光搭話。

幸運驚訝地朝她眨眨眼，他也聞到相同的味道，只是沒有預料到有狗聞得到這味道，陽光肯定嗅覺靈敏。

「來吧。」他大喊著，開心地跳進河水最深處，水深淹過脖子，他朝大家嚷嚷，「看！這會讓你們覺得涼爽很多！」

貝拉跳進他身邊，先前的怒火煙消雲散。她與其他大型犬跳進水裡，水漫過他們的肚子，他們開心地舔舔水，甩開一身灰塵，舒緩痠疼的腳掌。艾菲走往水深處，朝眾狗潑水，但大家並不介意。小黛西與陽光顯得有些卻步，卻也走往淺水處，朝彼此潑灑河水，玩得不亦樂乎，氣喘吁吁，舔著水，如夢一般，站著讓水流過下顎，才往深處去。陽光甚至讓水漫過她的肩膀，讓流動的河水洗淨一身塵埃。

「噢，眞是太棒了！比起那條有毒的河水，味道甘甜多了！」

「小心。」幸運警告，「河水之犬很狡猾，儘管她提供乾淨的河水，河水深處水流速度卻很快。」

離開城市已有一段距離，停下來歇腳一段時間應該沒問題，幸運心想。他涉過河水，與貝拉來到布滿卵石的水邊，他甩乾身體，噴濺冰冷的水珠，讓斑駁的陽光溫暖他身上的毛。

陽光一路玩著水，走上岸，一臉狐疑檢視她的腳掌，幸運與她一塊嗅聞。

「傷口幾乎痊癒了。」她的聲音帶著驚訝。

「再清一次傷口。」幸運對她說，「為了確保沒事，你再舔傷口一回，我也是不斷這樣做。」

她滿懷感激，再次舔舔那道刮痕。艾菲將水從他的黑色短小身體甩開，好奇地在一旁觀看。

「陽光有一道戰痕耶！」艾菲驚呼，「只有我看起來不嚴重！」

「你也有不少傷疤啊。」貝拉提醒他。

「難怪我會這麼餓！」他矮壯的身軀蹲坐下來，搖著尾巴，一臉期待望著幸運。

幸運內心一陣驚恐，他把目光移開艾菲那雙充滿期待的大眼，望著其他狗蹦蹦跳跳，登上岸邊。但群狗也同樣帶著期盼的目光望向他，吐著舌頭。

噢，不……幸運心想。「我沒有吃的！別這樣看著我！」

「當然沒有！」麥基氣喘吁吁，抬起頭，朝幸運微笑，「但你會獵食！」

「是啊！」黛西插話，「你是隻獵犬！可以教我們怎麼做！」吠叫聲此起彼落，附和黛西的看法，幸運感覺到胃部一陣抽痛。

「我……不是老師，不知道怎麼教……」

「你只要做給我們看就行了！」麥基興奮大喊，「我們跟著模仿！」

「沒錯！」陽光說。「獵食去吧！」

幸運瞠目結舌，舔舔下巴。他也同樣感到飢腸轆轆，儘管他並非專精的獵食者，但或許知道的比他們還多。老獵人教會他不少技巧。至少，他可以做點修正，這些栓鍊犬也許看不出其中的破綻……

他深呼吸一口。「呃，獵食並不容易，陽光。我們看看……」幸運放眼望去，決定先從較有獵食資質的狗下手。麥基、貝拉還有……「布魯諾呢？」

群狗聽見水花聲，卻不是開心戲水的潑水聲，而是劇烈拍打水面的聲響。

「布魯諾！」

大家趕往水邊，黛西瘋了似地大喊。

「我告訴過他那邊水很深，他的體型過於巨大、笨重不適合過去啊！」

幸運走進湍急的河水幾步，感覺河水拉扯他的腳。布魯諾被沖往溪水中央一段距離才浮出水面，他的大頭掙扎著想要浮上來，身體以及四肢奮力拍打著湍急河水。他的雙眼望向群狗，強烈祈求，接著沉入水底，然後再次掙扎著浮出水面吸氣。

「布魯諾！」幸運大喊。當他朝河水深處前進時，腳底的湍急河水拉扯著他的腳。他怔住不動，腳掌緊緊抓住濕滑的卵石，只能眼睜睜看著無助的布魯諾拚了命掙扎。他們可能因此滅頂，那其他夥伴將來該何去何從？

噢，河水之犬請幫幫我！別這樣帶走布魯諾！

就在幸運準備朝溪水中央前進，一個巨大的黑影籠罩著他，不知誰噗通跳進水裡，小卵石散射，濺起一片亮晶晶的水花四散。

瑪莎！

此時，群狗吠叫聲四起，要求她上岸，但瑪莎已經浮出水中央，朝布魯諾游過去。湍急溪水迅速帶走她，她卻一點也不感到驚惶失措，她的身體奮力穿過水面的泡沫，游往布魯諾身邊。幸運吃驚地望著眼前這一幕。

布魯諾似乎沒有察覺到她，因爲他不斷試圖要把笨重的大頭浮出水面，在溪水滅頂之前，用力吸幾口氣。但瑪莎一把抓住他發皺脖子上的項圈，拉著他游過溪水。

布魯諾驚訝地睜開雙眼，幸運看得出來他已經精疲力竭、驚慌無助。短暫掙扎幾下後，便任由瑪莎的大嘴拉扯著他。即使河水湍急，瑪莎依舊保有力氣游往下游，將布魯諾拉往乾燥的地面。

群狗紛紛趕往布滿石頭、滾動的圓木以及矮樹叢的河岸邊，抵達渾身濕透的兩隻狗身旁。布魯諾氣喘吁吁地仰躺著，打起噴嚏與咳嗽，頭枕在石頭上，前爪癱軟在胸前。一旁的瑪莎卻臉不紅、氣不喘。她站起身，關心布魯諾的狀況，甩開身上的水，舔乾眼前這隻混種德國牧羊犬。

她才是真正的勇士。幸運大感佩服。

「瑪莎？」貝拉來到她的身邊，「你沒事吧？」

「我好得很。」瑪莎喃喃說道，「布魯諾沒事吧？他有沒有受傷？」

「他不會有事。」幸運湊近布魯諾，舔舔他的臉，然後吃驚地望著眼前這隻黑色大狗，「你的泳技眞好。」

「是啊，眞是了不起！」黛西說道，群狗張大了嘴望著瑪莎。

瑪莎搖搖尾巴，吐出舌頭，查看腳掌。幸運睜大了眼望著瑪莎攤在岸邊不規則小石頭上的腳掌，他見到了……

那是……腳蹼！幸運曾在長爪公園的湖邊見過水鳥的腳有蹼。他回望瑪莎，她似乎不覺得哪裡不對勁，逕自望著自己的腳掌，對讚美感到受寵若驚。

布魯諾此時掙扎著起身，舔起瑪莎的腳，感激萬分低下了頭。

河水之犬，幸運望著起泡的水面有感而發。**祢雖然沒有親自出面幫忙，卻派了瑪莎前往救援……**

這大概是他見證過的最佳奇蹟，瑪莎彰顯了河水之犬的力量，顯然她也帶著同樣的虔敬之心，才有辦法在水中生存。說不定眾狗與自然之犬有同樣的連結，只是自己不知道，必須等待適當的時機才能喚醒自身的力量。

這是幸運離開城市之後，頭一回感受到眞正的喜悅。他不會永遠跟隨這群狗，因爲終有一天，他們將不再需要他。這個短暫成軍的雜行犬將有辦法憑藉著自己的能力存活——不管這個世界如何改變。哪天他們不再需要他，他將再度恢復自由之身。貨眞價實的自由。

第十四章

低吠嗚咽爲什麼一直持續著？爲什麼不停止叫聲？幸運快忍受不了了。

沒錯，他是個懦夫！是的，他必須請求天犬的原諒。但他要怎麼做？他們當然不可能期待他犧牲自己？河水之犬也不會期待他犧牲自己的性命，當布魯諾……

不！不是這樣……

這不是布魯諾！這群發出嗚咽聲的狗並不是溺水，完全不是！陷阱屋崩塌後，他們被困在瓦礫堆中，身陷其中動彈不得。他一點辦法也沒有。他與甜心十分無助。如果返回解救其他狗兒，恐怕他們也要葬身其中……

快呀，幸運！

甜心！他盲目跟隨在她身後，他的四肢使勁走著，心跳加速。他極欲阻止這些啜泣聲，瀕死的嗥叫……

另外還有一連串腳步聲，在後頭追趕著，想要追捕他。對方來者不善、復仇心重、殘酷無情，幾乎要趕上他。

不該是這樣！

幸運冒險回頭張望，他腳步飛快、呼吸急促、四肢痠痛。

除了漆黑一片的城市大街、黑影幢幢、斷斷續續的光線與毀滅之外，後頭什麼也沒有。

然後他從眼角的餘光發現……發亮的目光與尖牙。一群兇殘的狗想要追捕他。他們發出嚎叫就快要追趕上他，咬住他的尾巴，張嘴咬住他，把他扯爛……

風暴之犬。

恐懼令幸運倏地跳起身，一失足，差點摔倒。他的胸口鬱悶、氣喘吁吁，喉嚨乾渴。他的腦中依舊傳來兇殘的嗥叫聲，仇恨的聲音。聽起來如此眞實，他從未遭遇如此眞實的感受！

這不是記憶，但這是什麼呢？它不是一般的夢境，卻再眞實不過。

恐懼消隱之後，幸運逐漸停止發抖，望著栓鍊犬陷入熟睡。他們在河邊的低矮窪地棲息，這是個絕佳的藏身處，能夠避開地面的濕氣，附近沒有任何大石頭或是溝渠可讓敵人躲藏而不被發現。群狗距離河水有一段安全距離，近在咫尺的潺潺溪水聲撫慰著大家。

此時，黎明光線讓河水表面閃耀著珠光，幸運凝視著河水，看見一隻魚躍出水面，隨即沉入漣漪之下。樹幹間閃耀著淡淡的光線，灰色、粉紅色與橘色的曙光照亮了地平線。

幸運急促的呼吸聲逐漸舒緩，他下意識舔舔下巴。腦海中的畫面令他恐懼到使自己感到羞赧。衆狗平靜地睡著，沒有鬼靈或是兇殘的狗在夢中追捕他們。只有我。我是唯一被自己的夢境愚弄的蠢狗。他感到無地自容。或許，前一晚不該餓著肚子睡覺，但是大家都疲憊的沒有力氣獵食。群狗睡倒在一塊，或許是空腹令幸運做了噩夢也不一定。

又或許是他們隨身攜帶的主人小物幫助他們入睡，守護著他們的夢境。也可能是因爲缺乏狗靈的緣故，因此他們不會噩夢連連。

幸運花費大半時間在城市裡覓食，這的確令他稱不上是個野外的獵食好手，不過他比起其他狗更接近自己的靈魂，而在曠野中，他越發感覺到它的存在，令他的內在感到震顫，使他保持警戒。

幸運一陣發抖。原本對於瑪莎與河水之犬的樂觀與正面想法，已隨著夢境一塊消失。**我怎能期待他們可以獨自解決問題**？

他不能嚴峻要求群狗，他有了嶄新的想法。雖然大咆哮發生的第一時間，他無法挽救陷阱屋的狗，但他可以幫助這群狗，教會他們怎麼照顧自己。或許這是狗靈試圖傳達給他的想法，才會讓他做這場夢……如果他能夠幫助貝拉與她的朋友，或許就會停止噩夢。

值得一試，他心想。只要阻止噩夢就行。但就算他這麼認為，他也明白這個想法太過單純。這些夢境具有更深沉的涵義。

其中包含著訊息。

他必須照顧這群狗幫，沒有其他狗辦得到。他必須照顧他們，因為有壞事將要發生；幸運打從心底明白。他不自覺一陣發抖，想抹去對於那場驚駭夢境的任何懷疑。這不僅僅只是夢；他可以信任夢境傳遞給他的訊息。夢境是對於壞事臨頭的警告，不只警告他，還有群狗。關於風暴之犬……

幸運彷彿聽見狗媽媽從前說過的話：當世界傾覆瓦解，河水有毒……他再次發抖，望著這群栓鍊犬。他們幾乎難以在野外求生存……如果風暴之犬當真出現，他們絕對無法活命。他必須教會他們生存之道，越快越好！

幸運讓群狗繼續熟睡，何不讓他們享受這最後的平靜？不久，太陽犬升起，光線穿過矮樹叢的枝椏，他不能再等候下去。幸運用鼻子蹭蹭所有狗，輕聲叫喚，要他們起身。

「醒醒！要學習如何當個優秀的覓食者，第一步就是早起的鳥兒有蟲吃。」

陽光抗議著，腳爪遮住眼睛，想要靠在瑪莎的肚皮睡回籠覺，但這隻黑色大狗站起身，舔舔身邊的白色小狗，直到她發著牢騷清醒過來。黛西一醒來就立刻繞著圈，興奮地喘著氣。布魯諾試探性伸展四肢，測試自己是否復原，幸好落水並未造成傷害。麥基與艾菲甩開睡意，貝拉則是熱情地舔舔幸運的臉。

「我餓壞了。」陽光悶悶不樂眨眨眼，抱怨道。

「想吃早餐就必須學著自己覓食。」幸運冷冷指出。

令他大感驚訝的是大家竟接受他的想法，沒有怨言。他們小心翼翼將主人的小物品藏匿於石頭下方，或是樹叢後面，充滿決心的啓程。

這群狗離開溪水，登上淺坡，樹木變得稀疏，從高處遠眺，能望見樹林朝向廣闊、隨風搖擺的草原展開，矮樹叢與小石頭和許多令人充滿期待的地洞零星點綴其間。

見到小動物們迅速在地洞進出這一幕眞令幸運大感鼓舞，他的內心燃起一股興奮之情。今天肯定能夠大有斬獲。然而教導這群狗如何獵食的難處，就在於他們全被長爪給寵壞了，但這場考驗肯定能夠驅趕噩夢殘留的最後一絲恐懼。

「現在，」大家充滿期待朝微風嗅聞，幸運壓低了音量對他們說，「你們試著保持安靜、不亂動——別出現劇烈的動作。陽光，你也一樣！遠離地洞的視線範圍，讓地鼠以爲自己安全無虞，願意鑽出地洞。」

「這點我可以理解！」麥基急切回答。

「仔細嗅聞任何食物的味道——舉凡地鼠、兔子、老鼠等等。然後跟隨氣味，找尋源頭。敞開嗅覺，像這樣，看見沒？」他張開鼻孔，深呼吸，在風中來回嗅聞。「一旦學會便能輕易上手。開始吧。」

幸運一點也不像是獵食的箇中好手，卻感覺自己宛如蒙受森林之犬寵愛的初生之犢，帶領著其他狗尋找獵物。儘管幸運特別警告過陽光，但她就是無法安靜下來，每回身上的毛纏住樹枝就拚了命大叫。艾菲率先往前衝，他的小白爪總是在奔跑時閃著光芒。

麥基、貝拉與布魯諾則是做他們最擅長的事，壓低身子，匍匐前進，嗅聞線索時避免纏住樹枝，或碰觸樹葉而發出沙沙聲響。不過他們卻不習慣隱藏自己。

儘管幸運不願這麼說，但他知道這群狗對於能夠撲倒任何一隻獵物根本不抱任何希望。至於瑪莎，由於身軀過於龐大、魁梧，很難不被獵物察覺她的存在，幸運沒有指責她的意思，尤其是前一天她的見義勇爲。每隻狗都與眾不同，幸運必須學著接受他們各自擁有不同的天賦。

此外，對於群狗能夠獵捕到兔子或是松鼠，還有像是鑽出地洞的地鼠或是其他的獵物，他根本不抱持希望，有的話獵物們也早就嚇跑了。大地在他們的眼前展開，卻不見半隻老鼠，唯一的聲響是草叢間的風聲。

我們根本在浪費時間，他暗自嘆息。再度集合群狗，他決定改變策略。

「我們先從小生物，諸如蟲子和甲蟲開始練習。」他提議道。

「蟲子和甲蟲？」陽光發出一陣哀號，就算附近還有獵物出沒也早就嚇跑了。幸運深呼吸，提醒自己要有耐心。

「沒錯。如果沒那麼餓，不必把牠們吞下肚。」

小狗有些啞口無言。

「看這裡。」幸運抓住一個石頭，將它翻過來，露出石頭下方濕滑的土壤。「抓住了，瑪莎！」

她朝前一衝，迅速將兩隻大爪壓住慌亂中想要飛進樹葉間的甲蟲。她小心翼翼舉高了有蹼的腳爪，開心地大叫，兩隻甲蟲不斷嘗試飛離，她再次將牠們抓牢。

「有兩隻呢！」幸運驚呼，「幹得好，瑪莎！」

她一臉狐疑望著甲蟲。「牠們眞的能吃嗎？」

麥基興高采烈上前一步。「我來嚐嚐其中一隻！」

幸運望著兩隻大、小狗各自咬碎嘴裡的甲蟲，臉上原先不確定的表情最後被炯炯有神的雙眼和高高豎起的耳朵取而代之。

「味道還不賴。」麥基發表試吃心得。

「稱得上美味。」瑪莎優雅的語氣中帶著驚豔。

這點足以燃起狗幫所有成員的信心。在瑪莎的強烈建議之下，大家奔往石頭、樹根下方搜尋獵物。

艾菲開心地猛撲向一隻綠色甲蟲，幸運認爲只要假以時日，他提供的點子將能發揮得淋漓盡致。狗兒們能夠藉此練習追蹤獵物，最後得到一些獎賞——儘管陽光仍皺縮著她的黑色小鼻子，最後飢腸轆轆的她也顧不得味道，將蜘蛛與其他昆蟲吞下肚。特別是麥基，學會匍匐地面的訣竅，隱身在草叢間嗅聞，然後撲向獵物。

「呃，布魯諾，你曾想過我們會吃這玩意兒嗎？」瑪莎笑著問這隻正在咀嚼肥滿蜘蛛的牛頭犬。

「沒想過，眞是想像不到！」他把蜘蛛吞下肚後，咯咯笑了出來。

他們來到樹林邊緣獵捕，幸運此時嗅聞著空氣。這裡應該會有大型獵物出沒，而非在地洞鑽進鑽出的小動物。或許是松鼠、鳥類等，運氣好的話，甚至能找到一窩蛋。他們應該準備好接受更大的挑戰。天色漸晚，蟲大餐至今暫時止住了飢餓。

麥基出奇安靜地走到他的身邊，欲言又止：「幸運……我在想……」

「怎麼了？」

眼前這隻狗似乎面有難色。「我知道你是箇中好手，但……這些兔子速度實在太快了。我在想……這個辦法行不行得通……讓布魯諾和艾菲守在另一邊樹叢的下風處。你跟我還有其他夥伴不如就在這裡想辦法讓獵物聞到我們？等牠們開始奔逃，正好跑向……」他低頭望著自己的腳。

「布魯諾加上艾菲！」這個主意倒是新奇！幸運不得不佩服，「值得一試。來吧，我們把這個想法告訴他們。」

大家聽完後，其中有些成員抱持懷疑，但布魯諾與艾菲十分樂意繞行一大圈，小心謹慎走到另一頭的灌木叢，儘管他們的動作顯得笨拙，但這也是爲了避免發出太多的噪音，驚擾到獵物。幸運原以爲這群狗軟弱、嬌寵，但他們的領悟力卻很強。三隻鳥受到驚嚇，拍翅而飛，在枝椏間穿梭發出聲響，一隻老鼠急忙鑽進樹洞，卻不見大批獵物驚逃。太陽犬已升到天空的至高點，或許此時多數的小動物還在打盹，暖呼呼地睡著。

事實證明麥基是個天生好手。他潛進矮樹叢，嗅聞各種線索，儘管他的第一隻獵物松鼠急忙爬上松樹，讓他抓不到，他可沒有浪費精力朝這隻松鼠做無謂的吠叫。相反的，黛西一想到有肉類可吃，興奮過度，前爪扒住樹幹狂吠，即使沒有造成災情，但飽受驚嚇的兔子在情急之下，連忙從樹叢間逃竄而出。

麥基與黛西立刻緊追在兔子後頭，幸運得強迫自己別跟著追逐，因爲這可是栓鍊犬的挑戰，與他無關。林子邊緣有一塊平板石，幸運跳上石頭，觀看這場追逐。被黛西嚇跑的兔子迅速鑽進洞裡，抓不到，但是另外一隻受到驚嚇的兔子則是拔腿狂奔，直接朝布魯諾與艾菲守候的地方跑去。幸運感到一陣興奮。**這次應該會成功！**

貝拉與麥基跟在兔子身後追逐，就連陽光也加入。小黛西激動地大叫，浪費精力——**別又來了！**幸運心想。**她得冷靜下來。**

布魯諾與艾菲此時從兔子前方的矮樹叢衝出來，迫使兔子折返，牠卻一個勁兒朝黛西的方向去，正中下懷。就在兔子將要溜走之際，黛西使勁往前一撲，一把抓住兔子！

黛西與兔子彼此展開拉鋸戰，眼見兔子幾乎要逃竄，其他狗兒及時撲了上來。瑪莎把她的大腳壓在兔子的背上，緊緊壓制住兔子，黛西則是拚了命咬住兔子的後腿。待兔子一動也不動，布魯諾趁機牢牢抓住牠，用他有力的下顎咬死這隻兔子。

眾狗站在原地氣喘吁吁好一會兒，開心地望著彼此。

「我們辦到了！」陽光大喊道。

「幹得好，黛西。」布魯諾以低沉的嗓子稱讚她，然後將兔子的屍體放下。「幹得好！」

雖然兔肉不夠大家解饞，幸運邊想邊支解依舊溫熱的兔肉供群狗食用，但這只是個起頭，更棒的是，這件事再度燃起幸運對未來的希望。麥基找回了自身的本能，這點再次證明栓鍊犬依舊保有幫助他們生存的本能。麥基喚醒了內在的狗靈，傾聽它的聲音。倘若其他狗兒跟著仿效，他們很有機會成爲一支眞正的狗幫——自由奔放、善於獵食。

第十五章

溪水邊的窪地提供他們一個合適的落腳地。前一晚休憩的地點只適合暫時過夜，幸運知道他們必須尋覓一處可靠的據點，能夠保護群狗的安危。

河邊延伸的高地與糾結的濃密樹叢，同時作爲廣闊草原的屏障，提供了一個遮風避雨的地方。伴隨兔肉與蟲蟲大餐舒緩了眾狗的饑餓感，他們終於能夠端坐下來，抬起頭，傾聽河水流過石頭的潺潺水聲撫慰他們的心靈，凝望著光影在充滿漣漪的水面戲耍。

「太完美了。」陽光開心地大嘆一口氣，「有誰想過我們這麼快就找到新家！」

「這裡距離主人的住處不遠。」麥基補充，「等牠們回來找我們，我們就能輕易返回城市。」

幸運忍不住失望，小聲發出嘆息，卻也只將這聲嘆息壓抑在喉嚨。「別過得太過舒適。」他提出警告，「我們得保持警覺。」

「噢，少胡說了。」艾菲大聲說道，「有誰會想要離開這裡？眞有你的，幸運，找到這個地方。」

最好別再多費唇舌，幸運暗自決定。相反的，他高興地說道：「草地儘管柔軟，不過你們很快就會感受到每顆石頭的存在。我們不妨去找些樹葉鋪上，會舒服許多。」

大家興高采烈，對這件差事一點怨言也沒有，他們興致高昂地前往樹林，嘴裡銜住柔軟的落葉，帶回矮樹叢，鋪散在草地上，直到厚厚一堆。貝拉與瑪莎將大批落葉堆成厚睡墊，足夠讓所有的狗簇擁著一起入睡。

貝拉朝後一退，滿意地檢視成果，陽光此時卻已癱軟在地，喘著氣。

「野外求生可眞是不容易！」

貝拉舔舔她的耳朵。「還有很多差事要完成。」

幸運同意她的說法，「貝拉說得對，我們得進行一番整頓，大家各自擁有不同的天賦，我們得善加利用。」

「我不認為自己有什麼天賦。」陽光一臉難過地說道，垂下耳朵。

「別妄自菲薄。」幸運發出肺腑之言，「你擁有絕佳視力，嗅覺敏銳。你跟黛西適合巡邏。」

黛西興奮大叫：「噢，是啊！我辦得到，幸運！」

「你認為我做得來？」陽光狐疑地豎起耳朵，「好吧，幸運！我盡力就是，尋找更多的落葉……」

幸運感覺到自己雙眼發亮，帶著喜悅。「我們暫時不需要再找樹葉，但是你可以留意任何可以利用的東西，艾菲也可以負責偵查。麥基，你負責找食物。」

「沒錯。」貝拉附議，「麥基是最佳獵食者，他應該跟我一起走。」

麥基挺直身子，帶著驕傲，滿嘴咬著手套，仍開心地叫著。

「布魯諾與瑪莎可以負責看守？」貝拉狐疑地望著幸運。

「沒錯！瑪莎，你特別適合留意河邊的任何動靜。」

群狗半圍坐在幸運四周，充滿驕傲與感激地望著他，對於能夠取得大家的信任，幸運不免受到感動。他發出吠叫，鼓舞群狗，扒著地面。「開始吧！」

幸運步出暫時替代的營區，陽光和黛西還有艾菲跟在他的身後。

「我們可以返回長爪之前現身的那塊地。」艾菲提議，「你認為呢，幸運？」

一旁的黛西忍不住顫抖起來。「不見得非要朝那個方向去吧。」幸運迅速蹭蹭黛西的頭安撫她，「我們可以繞行外圍，我可不想撞見任何一個身著黃色外皮的長爪，但是他們或許會留下一些可供我們利用的東西。」

「好主意！」艾菲大叫，衝向小淺坡，來到草木繁茂的草原。

他們距離城市並不遠，但是離長爪居住的地方不遠也有好處。長爪的木造小屋不用費時多久便映入眼簾，看樣子像是遭到棄置，夾雜在崎嶇地與灌木林之間。這是長爪的住處，還是另有其他的作用？

幸運仔細嗅聞地面，卻聞到奇怪的味道。「陽光，你能幫忙嗎？」她的黃色項圈貼近地面，與幸運一起嗅聞，卻沒有任何頭緒。

「我們四處探查看看。」他喃喃說道。

四條狗小心翼翼靠近破損的鐵絲圍籬，開始探索。一棟陳舊的建築倚靠在房子旁，宛如喝醉酒的長爪。幸運抓扒著破木門，感覺木門倏地解體，發出咯吱聲響，朝屋內崩塌時，他朝後一躍。

大家頸背高聳，嗅聞潮濕的室內，一陣刺鼻氣味撲鼻而來，類似長爪餵養籠車的液體味道，但是蹲坐在棚屋內的籠車顯然是睡著了，看樣子已經沉寂一段時間了。牠的表面凹陷、生鏽，橡膠圓爪，平貼著石頭地面。圓圓大眼失去光芒，甚至連幸運想要推開車門，其中一扇門還崩裂開來。

「籠車有一段時間沒動了。」黛西對這點判斷很有把握。

「也不會發出嗥叫了……」幸運不是很確定。

「牠當然不會叫了，因為牠死了。」陽光說。

呃，這群狗對於長爪的事比我還要瞭解……幸運猶豫地抓扒籠車的門，車門卻不像上回在城市裡遭遇的那輛車，輕易開啟讓他能夠進入裡面睡覺。

艾菲朝車門上的金屬小橫桿發出吠叫。「拉那個玩意兒，幸運！」

幸運用力朝金屬橫桿一抓，感覺它在下壓，黛西一聽見撞擊聲響，便用牙齒咬住門邊，打開它。

幸運欽佩地望了她一眼，跟著嗅聞籠車內部。「真聰明，黛西。」

她開心地搖擺著棕色的尾巴。「我們來瞧瞧吧！」

籠車內帶有熟悉卻刺鼻的煙燻味，褐色的皮革坐墊破損、發霉，幸運忍不住皺縮起鼻子。艾菲卻在此時湊了進來，開始用牙齒拉扯皮革。

籠車肯定沒命了，幸運心想。**否則早就哀號聲不斷！**

幸運十分確定這點，於是加入艾菲的行列，撕咬皮革坐墊，把它咬成了條狀，撕裂聲響讓他不由得興奮起來。「這東西不能吃吧。」他好奇地問。

「我吃過幾回，味道不怎麼好吃，但是挺有趣味。」艾菲一臉淘氣模樣。

陽光跟著咯咯發笑。「我曾亂咬主人的皮椅，牠氣炸了。」

「我敢說牠沒有揍你一頓。」黛西說。

「當然不會。」陽光顯得沾沾自喜，「我的主人從不處罰我，頂多睡覺前不准用餐罷了。不過很值得。」

「重點是睡在這玩意兒上頭十分舒適。」黛西對幸運說。

幸運豎起耳朵，用力搖著尾巴，望著大家。「幹得好！」他驕傲地發出驚呼，咬起皮椅更加帶勁。

「座椅後方還有條舊毯子。」陽光靠在皮椅上向椅背後張望，氣喘吁吁，「看上去很髒卻很舒適。」

衆狗離開棚屋時，滿嘴咬著柔軟的皮革座墊和破舊毯子。儘管將這些東西帶回基地的過程不簡單，但就連陽光一點怨言也沒有。狗幫其他成員對他們的認同，讓這些個頭嬌小的小狗們禁不住趾高氣揚起來。

「黛西！」貝拉十分驚訝，「你們在哪兒找到這些東西的？」

黛西與陽光花了點時間才把來龍去脈交代清楚，她們激動得上氣不接下氣。正當她倆忙著描述冒險故事的經過，幸運與艾菲則趁機將軟皮革與毯子鋪在樹葉睡墊上。幸運不得不留意到，**他們以自身的靈魂為傲**。

貝拉望著嶄新的休憩處，對他們大感欽佩。「我們運氣也不錯。」她對幸運說，「麥基抓了隻松鼠，我們則又抓到一隻兔子！」

「眞是太棒了。」幸運舔舔妹妹的鼻子。「有預留一些食物起來嗎？」

「還沒這麼做，有多的話當然會這麼做！」她帶著半嘲諷的口氣對幸運說。

呃，他心想，**你們至今尚未嚐過真正的飢餓……**但他卻只說了：「謝謝你，貝拉！這是狗幫團結一致的結果。」

「還有呢，過來看看瑪莎的發現。」她輕咬幸運的鼻子。貝拉領著幸運到河邊，瑪莎與麥基正使勁朝河岸邊的卵石堆挖掘，幸運跟貝拉得涉水才能瞧個仔細。

「看！」瑪莎轉身面對幸運，氣喘吁吁。「這不是很完美嗎？」

幸運望著平坦的大石頭，一眼便看見，他們並非朝這顆石頭挖鑿，而是在這顆石頭下方處，一塊因為粗樹根形成的小凹陷處抓扒，麥基與瑪莎正在挖空這塊地方。此時，河岸下方出現一個很深的洞，河水流經洞口形成一道漩渦。瑪莎滿心期待望著幸運，看他用鼻子查看這裡。

「我們能將多餘的食物儲存在這裡——如果有多餘的食物！」她對幸運說，「這裡能夠冰鎮食物，保留滋味，不至於迅速腐敗，就像長爪的冰箱！」

幸運涉水走得更近些，大受感動。「瑪莎，這個想法眞是太聰明了。」

「太棒了。」貝拉附議，「這都是瑪莎跟麥基的主意。」對於夥伴的發想，貝拉為他們感到驕傲。儘管幸運懷疑是否會有多餘的食物可供儲藏，但這種具實用性、長爪式的想法絕對不可能是他能想到的。

貝拉彷彿看穿他的心思說：「我們應該將食物儲存起來，以備不時之需，儘管困難，但這意味著我們將能有備無患……萬一哪天我們找不到食物的話。」

「這麼想的確很好。」幸運深表贊同，「在此之前，全都餓壞的我們，一塊享用麥基與貝拉的獵物吧。」

群狗無不歡天喜地，興奮望著麥基與貝拉分食兔子與松鼠，他們將毛皮與肉分開，再將支解後的部位分給同伴。趁著他們在分配食物，幸運望向天空，感覺頸背的毛髮豎起。天色一片灰暗，彷彿天犬正在醞釀著什麼。他們得儘快吃完分配的食物，幸運心想，卻又不免猶豫起來。

「我已經很久沒有獻祭食物給地犬。」他略顯羞赧，「我一直忙著尋覓獵物，沒有多餘的食物供給她。她庇佑我至今，我也應該將獵物獻祭給她。」

「但是……」布魯諾張嘴想要抗議，幸運已經開始在地上挖洞。他注意到瑪莎警告似地瞪了布魯諾一眼。

幸運嘴裡叼著一隻兔腳，恭敬地把它放在洞內。閉起眼好一會兒時間，由衷感謝地犬，接著將泥土蓋回這塊肉上面。

當他抬起頭，望見群狗正盯著他看，但他們知道最好乖乖閉嘴。他們要學的事可多著呢。

「現在，我們可以享用大餐了！」他說。

其他的狗兒彼此交換眼神，肩膀因為放鬆而下垂，吐出舌頭舔著下巴，等候幸運分配食物。每隻狗各自得到自己應得的一份食物後，開始咀嚼起來，留下兩塊臀部位置的肉，麥基把腳爪放在其上。

「我們把這兩塊肉放置於我們的冰庫裡，留到明天吃，以防萬一。」

「沒問題。」幸運停住咀嚼香嫩的兔肉一會兒，儘管他贊同麥基這種有備無患的想法，卻感覺到微微的不自在，「我們能否稱呼它『流動儲藏室』？而非冰庫？」

貝拉覺得好笑而發出吠叫，輕輕舔著他的耳朵。「呃，我看不出來有何不可。總之，這個名稱更加貼切，更加……接近狗語。」

「是啊。」幸運附和，感覺鬆了一口氣。就在此時，他感覺到耳朵有些微濕，甩甩頭，但仍感覺到頭頂和另一隻耳朵濕濕冷冷。「看來大雨將要來臨……」

的確，他們全抬起了頭，聆聽天犬在遠方的天空發出隆隆聲響，雲時，豆大的雨水便打在他們的身上。陽光蹲坐在瑪莎的身體下方嗚嗚叫著。

「不會打雷吧！」她說。

「天犬即將再次開戰。」幸運打了個冷顫，「正好測試我們的窩是否穩固。」

群狗集體鑽進荊棘樹叢糾結的休憩地，聚在一塊兒，彼此取暖，陽光與黛西被簇擁在中間，安全無虞。每隻狗將主人的隨身物緊貼著自己——麥基緊靠著手套，黛西將腳爪放在皮包上。幸運感覺到緊貼著自己身體的陽光不住地顫抖，而把頭枕在他肩上的貝拉，脖子暖呼呼的。這種相依偎的緊密感與彼此緊貼的心跳，讓幸運腦中再度閃過幼時與手足們緊貼一起的畫面，他不再為此感到不安。瞬間，幼時回憶撫慰著他的心。

暴雨很快便結束。幸運抬頭望著明亮的天空，黑色的雲層飄向大海。

「你們都知道這是怎麼回事吧？」幸運的聲音像是在自言自語。

「不知道。」陽光的聲音充滿了不安。幸運知道自己如果向她解釋清楚的話可以舒緩她的不安。小狗微微挪動自己的身體，好讓自己能夠望著幸運。

「天犬派遣閃電嘲笑地犬，卻惹得太陽犬發飆，隆隆雷聲起源自彼此衝突的結果，最後天犬與閃電被要求離開。現在，太陽犬再次發出光芒，濕透的樹葉閃亮著光。看見沒？」

幸運緩緩越過其他顫抖著身子的狗兒，朝空氣嗅聞，依舊感覺得到戰爭的火藥味，但天空此時再度變得清朗。

他回頭望著其他狗兒緊張、充滿期待的臉龐。幾滴雨水打進他們的小窩，但頭頂的荊棘叢將他們保護得好好的。幸運開心地發出吠叫。

「來吧！這是天犬降下的甘霖！」

幸運奔向空曠地，雨水在地面形成一個小水窪，閃閃發亮。他開心地跳進水窪，布魯諾與麥基跟進，他們開心地吠叫，滾動身體。不久，其他狗兒跟著加入。

清澈水窪很快變成泥水坑，眾狗的四肢與腹部全沾上泥水。陽光率先離開泥水坑，朝溪水前去，小心翼翼地踩進河邊，讓河水清洗她的白色毛髮。大家全都跟著跳進河裡清洗，布魯諾仍微微感到不安，瑪莎緊靠著保護他，他們爬上河岸，將身上的水珠甩乾。幸運望見每隻狗將身上的水珠嬉鬧地全甩到夥伴身上，四處飛濺的水在陽光的照射下閃閃發亮。

他氣喘吁吁，趴躺在河邊的扁平石頭，望著麥基開心地在河邊的沙坑滾動身子。太陽犬的光線照射在起伏的身軀格外溫暖，貝拉不久也加入他，其他的狗兒陸續跟進。只有瑪莎依舊站在河中，舔著河水，感受水流流過她的腳。

陽光說得對，他發現。**這裡真是再完美不過**。

他小心翼翼地舔起腳爪。或許，不久，將輪到他們帶領自己橫度這片空曠土地……

不過現在還不是他離開他們的最佳時機。狗兒們已經越發習慣聆聽自身的靈魂，情況改善許多，只是仍有一段路要學習。等到他們學會照顧自己，能夠自食其力，那時，便是幸運該離開的時候。

第十六章

「瞧！快看看我抓到了什麼！」

幸運睜開眼，豎起耳朵。過去幾天，他都是在這樣的呼喊聲中醒來。近午陽光溫暖、和煦，蜜蜂嗡嗡叫著，他感到十分舒適，動也不想動，但黛西總喜歡帶給他驚喜，睡眼惺忪的他心想這回她又抓到了什麼獵物。儘管幸運覺得看她捕獵到甲蟲得佯裝興奮是件苦差事，但他不願讓年紀還小的幼犬失望，於是連忙起身，在黛西衝進來時，忙著嗅聞。

她將獵物置於幸運的前爪，這回的獵物體積較甲蟲還大，且毛茸茸的。

「鼴鼠？真是太棒了！」幸運歡喜地舔舔她的鼻頭，仔細嗅聞這隻小獵物扁平的大前爪。這些光滑的黑色小動物們能夠迅速鑽進或是挖掘地洞，逃過追捕，狗兒的動作根本追不上。不管如何，他這一生也只抓過兩隻！

黛西驕傲地挺起胸膛，尾巴奮力搖著，貝拉、布魯諾、艾菲與瑪莎全聚集一塊兒望著她的戰利品。

「黛西，眞有你的！」貝拉說，「我從沒抓過鼴鼠呢！」

幸運與妹妹彼此交換欣慰的眼神，她明白鼓勵的話對黛西這樣的狗兒的重要性，成長中的幼犬，充滿了學習的熱情。貝拉感覺敏銳、相信直覺，幸運爲此感到安慰，一旦他離開，她將成爲一位優秀的領袖。

狗幫越來越具有組織，幸運對於他們的野地求生技能更加懷抱信心。過去幾天來，他選擇觀看，讓麥基獲取更多領導經驗。有了這隻獵犬主導，幸運負責監督，栓鍊犬的獵食技巧大大增進。大家團結一致，將獵物驅趕至兩、三名狗幫成員間的策略，成功捕獲了幾隻兔子，甚至還有一隻松鼠。各類蛆蟲和鹿的殘餘屍體讓他們止住了飢餓，幸運觀察這隻鹿應該死於年老體衰，而非長爪的長棍下。就連陽光也逐漸敢嘗試生肉的味道，不久後他們將學會照顧自己。

但是那個噩夢在幸運心裡老是揮之不去，如果將有壞事臨頭，這群栓鍊犬應該跟他一樣做好準備。

幸運一把抓住鼴鼠，讓黛西用牙齒支解牠。他不免驕傲地回想起，**這趟獵食之旅展開之初，她肯定沒想到自己會有這一天！**

小鼴鼠連塞牙縫都不夠，但是黛西卻一臉正經地將最大的一塊肉推到幸運面前。

「我真不敢想像我們沒有你會如何，幸運。我現在會自己獵食了！」

「你肯定辦得到，下一回獵物就換成了兔子，等著瞧。」貝拉正經八百地說。

「好欸！」黛西大聲歡呼，轉身，準備去找尋下一隻獵物，卻突然被一聲高聲吠叫打斷。

大家紛紛朝向聲音的來源查看，頸背高聳，耳朵豎起。在瑪莎發現之前，幸運認出了這個聲音。「是陽光。」

沒錯，小狗穿過樹林，停在眾狗面前。她上氣不接下氣，倒抽一口氣說：「麥基！他被困住了，動彈不得！」

「冷靜點，陽光！」貝拉大喊，「什麼被困住了？」

「他的項圈——噢，快走，貝拉。太遲的話，他就要窒息了！」

幸運衝往樹林，其他狗緊跟在後，陽光領著他們穿過林地，進入濃密的荊棘叢。

「這裡！他在這裡！」陽光指著矮樹叢說。

麥基的鼻子突出荊棘叢，幸運見到陰影中的他雙眼充滿驚恐，睜大的眼睛露出眼白。他嘴裡吐出舌頭，試圖吸取空氣。

「別亂動，麥基！」幸運急切說道，試著撥開濃密的荊棘，刺痛了自己的腳掌。其他狗兒聚集在他身後，並未像往常那般爭先恐後、驚慌失措，反而出奇地冷靜。他們讓出一些空間給麥基與幸運，沒有亂出餿主意。

「快拉他出來，幸運！」

「咬斷荊棘！」

陽光緊張地拚命用前爪扒著地面。「噢，幸運，快幫幫他。他是唯一教會我獵食的導師，如此優秀，我真的不知如何是好……」

「我在想辦法了，陽光，住嘴。貝拉！」

她立刻奔往幸運身邊。「我該怎麼做，幸運？」

幸運絞盡腦汁，如果不能將項圈剝離，麥基恐怕時間不多。他受困於荊棘叢無法脫身，似乎無法再向前一步……

「貝拉，你的頭比我窄。能否抓住他的項圈？」

貝拉朝荊棘叢鑽進去，嘴上與耳朵增添了幾道傷痕，不過仍設法小心用牙齒咬住麥基的項圈。

「支持住！就是這樣……現在，麥基，你得向後退。」

麥基張著驚恐的雙眼望著幸運，「向後退？」他倒抽一口氣。「更深入荊棘叢？」

「是的，儘可能向後退。相信我！」

麥基內心不是很確定，他希望自己能像幸運說的那樣堅定……受困的他將前爪貼近地面，蠕動身軀，拚了命往後擠，雖然荊棘刺進皮膚時略顯退縮，但荊棘叢稍稍鬆開。儘管麥基掙扎著後退，貝拉仍緊咬住他的項圈，她的腳爪死命抓住沙地。

「就是這樣！幹得好。」幸運大喊，「只差一步了，麥基。轉過頭去，貝拉，奮力拉！」

麥基往後衝向灌木叢，灌木的針葉刺進他的臀部，但項圈卻鬆了開來，垂掛在貝拉的嘴邊，他痛得立刻從刺叢彈開。其他狗兒聚攏在他身邊，鬆了一口氣，開心大叫。

陽光衝向麥基身邊，舔舔他的下顎。「麥基，你沒事吧！噢，謝謝你，幸運，我就知道你辦得到。」

「麥基與貝拉才是大功臣。」幸運指出，「麥基，你沒受傷吧？」

麥基穩穩站起，猛力甩動身體，甩開身上的枝葉。「只有幾道擦傷。抱歉，幸運，我真蠢。」

「這事很有可能發生在任何成員身上。」幸運安慰他，語氣平穩，「總之，戴有項圈的狗都避免不了。」

「我的項圈！」麥基大喊，他左右張望，發現貝拉嘴裡依舊叼著他的棕色項圈。「原來在這，幸好沒有破損。」麥基舔舔她的鼻子，表示感謝。

幸運看見布魯諾走上前，與貝拉合力咬住項圈時，他簡直不敢置信。麥基把頭探進項圈，嘗試戴回。

「你在做什麼？」

布魯諾一臉驚訝地望著他。「當然是幫忙呀。」

「幫他什麼？」幸運蹲坐下來，十分不解，「戴回項圈？」

「當然。」麥基神情緊張望著幸運，貝拉則表示微微歉意。「這是我的項圈，爲什麼不能戴回它？」

「因爲你剛剛才發生不幸！」幸運憤怒大喊，「如果不是我們迅速趕到這裡，你早就窒息死亡了！」

「但你們不是趕來了嗎？」麥基試圖據理力爭。

幸運抬起頭，氣惱地朝天空高吭哀呼：「你們全都應該拋開脖子上的項圈！項圈容易引發意外，使你們斷氣。如果你們曾經跟其他狗有過打鬥衝突，呃，應該知道自己獲勝的機會不大！」

「怎麼可能。」布魯諾打斷他。他驕傲地挺起胸膛，抬高下巴。「怎麼會毫無勝算可言？我身上就曾沾上其他猛犬的血！脖子上的項圈並沒有害我送命！」

「布魯諾說得對。」陽光說，衆狗也跟著附和。

幸運一陣惱怒，齜牙咧嘴，頸背高聳。這群狗簡直快把他逼瘋，前一分鐘，他們還展現出如何在崩毀世界裡的求生本能，下一秒鐘，卻又表現得像幼犬一般頑固，死守著主人加在他們身上的枷鎖。

「我證明給你們看！」幸運大聲咆哮，衝向布魯諾。混種德國牧羊犬突然受到驚嚇，向後退縮。霎時，幸運朝他脖子上的粗項圈一咬。布魯諾掙扎著保持身體的平衡，卻徒勞無用。他慘遭幸運拖行，幸運扭轉他的脖子，撞倒其他狗。布魯諾體格結實、身材壯碩，幸運卻能夠利用項圈取得支點，把他甩向一邊。

其他狗兒見狀嚇得大聲吠叫，布魯諾此時也大叫著試圖反擊，四肢卻使不上力。幸運把他當成受困陷阱的大松鼠般甩動。

「噢，幸運，求求你！」喧嚷聲中，傳來黛西的懇求聲，「請別傷害他！」

幸運鬆開布魯諾，讓他趴倒在地，氣喘吁吁，然後一腳踩住混種德國牧羊犬的胸口，令他難以承受，發出咆哮，在地面打滾，最後才掙扎著起身，從頭到腳猛力甩動自己的身體。幸運對他怒目相視，沒多久，只見布魯諾垂下雙眼。

「看見沒？現在明白了嗎？」他聲音低沉嚴肅地說，將視線從那隻混種德國牧羊犬身上移開。幸運把氣全出在這隻勇氣可嘉、可憐的布魯諾身上，感覺到有些罪惡感。**我實在不該這麼做……**

但他們必須學到教訓，畢竟他是他們唯一的導師。「你們都見識到項圈如何讓你們不堪一擊吧？我敢說布魯諾在公平的打鬥中絕對能夠擊敗我。」他望著眼前這隻體格壯碩的狗說，「但由於他的脖子戴著項圈，我就可以為所欲為。相信我，你們全都應該拿掉它。」

狗幫的成員彼此交換眼神，感到驚嚇，其中一、兩隻狗盯著自己的腳。最後小黛西鼓起勇氣，回應他。

「幸運，」她小聲說，「我知道你的感受。我們全都知道。但是……拿掉項圈？我辦不到，也不願這麼做。我願意聽從你的任何吩咐，但是請別要求我摘掉項圈。它是我跟主人間的連繫，象徵我有所歸屬、有人疼愛，擁有主人對我的百般呵護。這點對我們來說十分重要。」

幸運盯著她看，驚訝這段冗長、堅定的說詞出自這隻小狗。

「但是黛西，」他說，「你的主人現在離開啦。」

她咕噥著，移開視線。

「我不在乎主人現在是否在我身邊。」麥基回應，他深邃的眼睛望著幸運，眼神帶著敬畏卻充滿決心。「我會找到牠們，必要的話，我也會學著如何在打鬥中求勝，卻不用放棄脖子上的項圈，我絕不會放棄自己的主人。」

幸運明白自己簡直在白費力氣，轉身，離開現場，返回他們的窩。他無法忍受看著陽光與瑪莎一起幫麥基戴回項圈。

他聽見背後傳來腳步聲，回頭張望。是眼神中帶著懇求的貝拉。

「幸運，你必須試著理解，項圈對我們的重要性，它是我們的一部分。」

項圈象徵你們才是人類的一部分，他想回嘴，卻又把話吞了回去，現在不是跟妹妹爭辯的時候，所以他保持沉默，甩甩身子，往前走。遠方傳來一陣叫嚷聲，驚擾了幸運。是艾菲！幸運加快速度，朝聲音的方向前去，明白吠叫聲並非求救才鬆了一口氣。艾菲只是找不到自己的狗幫夥伴而已。

「大家上哪去啦？貝拉！幸運，布魯諾！你們在哪……裡？」

貝拉跟在他身後返回休憩處，同時間其他狗兒跟上，踩得樹枝劈啪作響，他們今天把所有的獵食技巧全都拋在腦後。

艾菲一見到群狗，從樹林間飛奔而出，這隻短腿的小狗興奮得大聲喊叫，忘卻最近發生的摩擦。**狗幫成員皆是天生我材必有用**，幸運心想。他們很幸運擁有艾菲這樣的狗兒，總能緩解緊繃的氣氛。

「你們都在呢！我還以為你們忘了我！」

「怎麼忘得了。」貝拉開心說道，小狗一躍，舔舔她的鼻子。「獵食成果如何？」

「一無所獲。」艾菲垂下耳朵，卻又馬上興奮跳躍起來，「但我有新發現喔！」

「什麼新發現？」瑪莎豎起耳朵問。

「快說呀！」黛西連忙問，很開心艾菲轉移大家的注意力。

艾菲蹲坐下來，搔搔耳朵。幸運見到艾菲意識到自己變成話題的主角似乎喜不自勝。「我自己獨自走了好長一段路……我偶爾也喜歡獨處。」

艾菲以此作為開場白，望著幸運尋求認同，「我在小山谷間進行調查，甚至越過幾座小山丘！」

幸運感到相當驚訝。山谷順著草原緩緩而上，越過樹林，十分廣闊，而那幾座小山丘既崎嶇又陡峭。他自己曾探索過這一帶區域，其中一天夜裡，他潛行其間，查看敵人的蹤影，卻沒有越過小山丘。這隻短腿狗走上這麼長一段路，真有能耐。

「你很可能遭遇危險，艾菲。」幸運輕聲指責他，儘管他能夠體會艾菲想要獨自前往的原因。「你有什麼發現？」

「一群狗！」他勝利似地宣告，「一大群呢！」

其他狗兒聽見這件消息紛紛發出吠叫，黛西又開始興奮地狂繞圈圈。

「什麼樣的狗，艾菲？」她問，「對方是否友善？能夠提供援助嗎？」

「我不知道，我沒靠他們太近，但聽見他們的聲音！也聞到了他們的氣味，還有呢！」

幸運突然感到一陣不安，其他狗兒卻興奮莫名，忽視危險的存在。

「還有什麼？」陽光大聲嚷嚷，「發現什麼啦？」

艾菲兩眼閃著光芒。「食物。滿坑滿谷的食物！」

第十七章

「我我們走吧。」陽光大喊，「我們現在就出發，向對方自我介紹！」

「這個主意真是太棒了。」麥基熱切說道。

幸運發出深呼吸，望著其他狗兒急於前往查探，而熱烈討論著。對於自己提出的疑問將引發紛爭，他感到十分不自在。「艾菲，對方是什麼樣的狗？」

「我不知道。不過就是一群狗吧！跟我們一樣！卻有吃的！」

「並非所有的狗都跟我們一樣。萬一對方來者不善？或者是野地狗幫呢？他們肯定誓死保衛領地。你們不該跟野地狗幫的狗打交道——他們也不可能跟你們一起分享食物。」

陽光感到氣餒，布魯諾卻插嘴說道：「這也沒什麼關係。」

「萬一不幸造成死傷呢？」幸運咆哮，「我不喜歡這樣。抱歉，聽起來太過危險。」

「噢，幸運。」貝拉輕聲說，「你老覺得危機四伏！你是個優秀的領袖，但或許你該停止總是小心翼翼的態度。」

「倘若眞有食物供取用，我們沒有理由不去查看。」布魯諾說。「這意味我們不必累得半死自己去獵食！」

幸運明白這隻混種德國牧羊犬對於先前那場打鬥示範仍感到忿忿不平。他嘆了一口氣。「我們對這群狗的來歷一點都不瞭解。」他抗議道。

「我們可以去查清楚呀，至少去看看。」瑪莎提議。

「我同意。」布魯諾附和。

「如果他們的體型比我們小，就不會有問題。」貝拉朝幸運使了一個挑釁的眼神。

「貝拉說得對。」麥基補充，「我爲什麼不去查明眞相？」

「這可比獵食甲蟲要容易多了。」陽光一臉難過，坐了下來，尾巴的末端拍打著地面。

這跟甲蟲有什麼關係？幸運抓起攀在樹莖上的甲蟲，卻一點胃口也沒有。他不喜歡貝拉看著他的模樣：她挺直身體站著，瘦高，耳朵向後垂，像要找人打架。一隻松鼠站在樹尖上，看著他們嘰嘰喳喳，彼此氣惱，牠耳朵動也不動，只是微微偏著頭，瞪著幸運瞧。

「我認爲我們其中幾個可以前往查看，其他狗得留在這裡，作爲支援，在我們離開時，負責看守我們的基地。小團體一起行動不會招惹太多注意，我推薦我自己、黛西、艾菲和幸運前往。」貝拉提議。

幸運望著這群被點名的狗兒們豎起耳朵，眼神充滿期待。**我有不好的預感**，他心想。但幸運知道如果有一天要讓他們自己做決定，他必須放手，信任他們。

「好吧。但一見事情不對，就得溜之大吉！其他狗兒留守在基地。」不論將有什麼事迎面而來，幸運都需要做好準備。

艾菲對於能夠帶領大家感到十分得意，他在矮樹叢下發現一條小徑，看樣子已經遭遇許多的小動物們踩踏而過，小徑上有大片陰影，最後他們來到小山丘底。步出遮蔭的樹叢後，午後的太陽直射在他們身上。等到大家開始攀爬上山，所有的狗早已顯得無精打采。艾菲停在樹蔭下時，就連幸運也趴倒在地。

「我們應該休息一會兒。」幸運對大家說。

「距離不遠了。」艾菲氣喘吁吁，依舊興致高昂。

「我們很快就準備動身，等我一聲令下，就開始行動。」貝拉搖著尾巴，做出承諾。

她提高音量，確保幸運聽得見。

幸運把頭撐在腳掌上，轉身，怒視著山谷。**她想讓狗幫知道誰在做主，如此而已。**

隨她去吧！他們又不是我的狗幫！

幸運跟在艾菲後方，走在一條迂迴的兔子小徑。他滿腦子不確定，各種想法彼此矛盾衝突。野地狗幫對這群栓鍊犬會作何反應？他們是否將夾著尾巴遭對方驅趕離開？貝拉將如何勸服隊友別與對方打鬥，展現她的帶隊技巧？

突然，艾菲叫嚷道：「在那裡，你們看！」

幸運與其他的狗停下腳步，一臉狐疑嗅聞空氣。的確，他聞到了對方，一大群狗，他卻不是很喜歡。味道帶著陰暗、酸苦與麝香的氣味，還夾雜著憤怒，不過其他狗兒似乎一點也不在意。他們躲藏在樹叢後方，遠眺山腳。

山谷寬闊，長爪的建築物零星點綴在其中，卻不像幸運在城市裡所見到的屋舍模樣。這些建築十分短窄，門的寬度只容一隻狗進出。牆面樸素，原來該裝上窗玻璃的窗戶則改由鐵條取而代之。這裡的建築物似乎比起大城內的建築物受損的程度還要小，其中幾面牆清楚可見嚴重龜裂的裂縫。

眼前這一幕似乎十分不對勁，要不是此時聞到食物的味道，隱隱的恐懼感可能令幸運只想盡快拔腿狂奔。

氣味強烈、引人垂涎，卻與美食屋的長爪餵食過他的食物味道截然不同，幸運心想，但他肯定這是肉的味道。幸運感覺自己口水直流，忍不住舔舔嘴，他的胃跟著咕嚕咕嚕地叫。山腳下不見任何動靜，幸運並不因此感覺好過些。

這群狗躲藏在哪裡？幸運的心臟噗通噗通跳。他費盡心力照顧狗幫，不想陷他們於危險之中，但是飢腸轆轆的肚子說的又是另外一回事。如果對方很友善，願意分享食物呢？或許貝拉說得對，在對方樂意分享的情況之下，這趟探險也就值得了。

「好吧。」最後他緩緩說道，「我們靠近些，集體行動，別引起對方注意，直到我們查明他們的身分。」

他們緩緩向前爬行，壓低身子，朝圍籬的方向前去，從中窺探。貝拉將她的前爪放置在鐵絲上嗅聞。

「看。」她驚訝說道，「那些食物！」

在那些低矮的房舍前方擺放一整排鐵碗，其中有些盛著水，其他則裝了滿滿的乾肉塊。幸運又再度忍不住，舔舔下巴。味道不像活生生的兔肉，卻美味極了，而且數量很多……

「我覺得這味道像是……」艾菲呑呑吐吐說。

「接近狗飼料的味道，就像主人曾經餵我們吃過的。」貝拉喃喃說。

「噢，我眞想再嚐一回……」想家加上飢腸轆轆，令黛西長嘆了一口氣。

就在大家觀望的同時，耳邊傳來極大的聲響。所有狗兒全都怔住，四肢僵硬、肌肉緊繃，卻仍然不見長爪或是狗的蹤影。相反的，卻見到牆壁上的洞裡倒出更多的肉塊至鐵碗中，甚至有些還滿溢出來，還有乾淨的水不斷流入碗裡。

貝拉受不了這一切，她跳了起來，拚命將鼻子擠進鐵絲網發出吠叫，爪子不斷扒著圍籬。

「眞是不可思議！這些食物不知道從哪裡來的，我們得潛進去！」

幸運抬起頭，望著那些盛裝食物的碗，其他狗兒則是拚了命把鼻子擠進圍籬下方，尋找任何入口，扒開泥土。

四下一片安靜，幸運心想。但是爲何內心的狗靈卻要他離開呢？

「這裡！」艾菲嚷嚷，「我找到一個洞！」

其他狗兒一窩蜂湧去，幸運卻顯得有些卻步，他張望最近的建築物，觀察漆黑的入口是否有任何動靜。

他聞得到狗的氣味，看得見他們的食物。但他們究竟身在何處？

他的頸背高聳，朝後一退。拴鍊犬已經學會依靠自己的覓食技巧存活，是否眞的有必要仰賴這些碗中滿溢的食物活命？

「幸運，快過來看看！」黛西大喊，「我挖得夠深，似乎有辦法進去了！」

「不。」幸運搖搖頭，「不對勁，我似乎嗅聞到了危險的味道，你們難道感覺不到？我們應該趁現在離開。你們已經會自己獵食了，不需要其他狗提供食物給我們。」

「別傻了。」貝拉打斷他的話，「眼前既然有取之不盡的食物，何必再自己獵食？」

午後的太陽照射在鐵碗上閃閃發亮，幸運不禁打了一個冷顫。「重點正是如此，你難道沒發現這裡的食物多得吃不完？這些碗有多大，這裡的狗的體型就會有多大？你有打贏的勝算嗎？爲什麼我們至今沒見到他們的蹤影？他們又爲什麼要躲藏起來？」

黛西神色緊張望著貝拉，只見她咆哮道：「我們可以照顧自己。」

幸運嗚嗚叫著，隨著待在這裡的時間拉長，他越發感到不安。他不該答應狗幫的成員前往此地。他感到一陣毛骨悚然，威脅感幾乎令他難以忍受，近似天犬在大發神威以及大咆哮發生之前的氛圍。更糟糕的是，威脅感喚醒噩夢的記憶，卻說不出所以然。風暴之犬的身影狂奔……

他們必須離開這裡。

「拜託，貝拉！」他哀求道。

貝拉跳往圍籬旁的高地，發出咆哮：「夠了！我才是狗幫的艾爾帕，幸運。是我帶你進來，你自己才能夠平安無事，但這裡屬於我們，我們應該進去！」

幸運朝她齜牙咧嘴：「別再表現得像隻被寵壞的幼犬！你根本不知道身爲艾爾帕要承擔著什麼樣的責任！」

「噢，難道你就知道？」貝拉四肢僵硬，頸背高聳，繞著幸運說，「在遇見你之前，我們一點問題也沒有。你才是那個愛現的傢伙，假裝自己什麼都知道！」

「我知道的事比你還多，拴鍊犬！」幸運咆哮，「你對生存這件事一點也不瞭解。不堪一擊、沒有任何危機意識。不，也不具有狗靈！」幸運說盡所有屈辱的字眼。儘管感覺到罪惡感，卻止不住他內在的憤怒。**她怎敢這麼對我說話！我為了她做盡了這一切！**

幸運還想到其他。每呼吸一次，內心的恐懼便伴隨而來。這群狗景仰幸運，視他爲領袖，因爲他熟悉地形，教會他們各種生存的技巧。但是重點不在幸運的獵捕技巧多高明，而是喪失鬥志。他曾見識過狗靈慘遭獵殺，彷彿傷口劃開，身爲狗兒的本質、勇氣與膽量消失殆盡的下場。鬥敗之犬在其他狗面前抬不起頭，只有搖尾乞憐的份。

幸運下意識強迫自己與此相抗衡。

貝拉卻憤怒喊道：「你簡直在胡說八道！」

「我們的內在都潛藏著狗靈。」他大聲咆哮，「或者應該如此！祂與天犬和森林之犬一同庇佑著我們。噢，我何必跟你多費唇舌？你一點也不瞭解！」

「噢，你所謂的狗靈只會讓你更加膽小退縮，幸運！」貝拉嚷嚷道，她齜牙咧嘴，與幸運彼此對峙。艾菲與黛西夾著尾巴，嚇得在一旁觀望。

「這裡看不見其他狗的蹤影！更糟糕的是，也看不見其他長爪的存在。」

幸運氣得發抖，感到受挫。他記起那隻將他驅離烤肉爐的猛犬。貝拉是否曾面對過兇狠的狗？她當然沒有，因爲她終其一生都受到長爪的保護。

「這裡的確有其他狗！雖然看不見他們，但是我聞得到他們。」

「或許你聞到的是一群狗過去遺留下來的味道，這一點都不重要。這裡由我作主，我決定進去！」

幸運感到惱火，發出怒吼：「這群栓鍊犬或許由你負責帶領！但我可不歸你管，嘰喳，永遠不會！」

艾菲小聲表達抗議，黛西則發出低吠，貝拉與幸運卻無視他們。幸運知道他與貝拉之間的爭執越來越激烈，但他可管不著。他倒是希望爭吵內容會被聽見，在貝拉做出蠢事前，被驅離這裡。

「我命令你，幸運，跟我們一起走！」她大喊。

「你儘管發號司令，但你不是我的艾爾帕，我不會聽命。」幸運噘起嘴，坐了下來，粗魯鄙視地抓搔耳朵。

麥基倒抽一口氣。

「我是狗幫的艾爾帕！」貝拉發出咆哮。

「你請便！」他發出怒吼。

貝拉陷入沉默，身體急喘，唾沫流出下顎。

「那麼，我就看你怎麼生活，獨行犬。」貝拉轉過身，沿著圍籬行走，尾巴翹得很高，「你不像自己所想的聰明，如果沒有其他狗的幫忙，哪有滿溢的食物！」

幸運感覺不可置信，搖搖頭，貝拉則跟在艾菲身後，鑽進圍籬底，朝低矮的屋舍前去。黛西帶著滿臉遺憾的神情望著幸運，但她顯然選擇聽從貝拉下達的指令。

「我很遺憾，幸運。」說完，她便跟著鑽進圍籬，追隨其他狗。

他望著三隻狗離去的身影，他的心隨著他們越接近盛裝食物的鐵碗而更加噗通噗通跳，直到他們的身影消失。他朝後走了一小段距離，轉身，躺下，把頭枕在腳上，極為不滿地長嘆一口氣。

他十分確定他們身處險境。每當傳來樹枝折斷的聲音或是鳥叫聲，幸運的耳朵就忍不住抽動一下。

他倏地抬起頭。

他無法掉頭離去，貝拉是他的親妹妹，他必須確保她的安危，但這裡卻充滿危險。或許他的恐懼來自於獨自生活的結果，必須仔細留心周遭的一切保持警覺。另一方面，他深深感覺到這裡明顯不對勁，儘管這裡似乎是嶄新基地的絕佳地點，他卻嗅到了危險。

他緩緩起身。

噢，天犬呀，希望我沒有做出愚蠢的決定。他暗自默想。

幸運轉身，朝向那座詭異的狗花園前去，找到圍籬下方的洞口鑽進去。

第十八章

黛西很擅長挖洞，幸運的肩膀穿過洞口後，下半身便輕易跟著穿過。

穿過圍籬另一頭後，他停下來，蹲伏在地，嗅聞著關於陌生狗群的氣味。他們真的都消失無蹤了嗎？或許他們已慘遭大咆哮吞噬，從圍籬的洞口逃出。又或許他們寧可享受野外獵食的自由，也不願吃即有的食物。

一隻烏鴉拍翅飛往天空，發出粗嘎的叫聲，幸運嚇了一跳。心情平穩後，他望見這隻烏鴉停在枝椏上，睜著明亮的黑色眼睛盯著他。

屋舍內部草木蓊鬱，修剪整齊，十足長爪作風，幸運心想。這裡是否尚有長爪居住此地？他只聞到了狗的氣味。遠處的草地驚見中央大屋舍的陰影籠罩，幸運在刺眼的陽光下瞇起眼，試著理解這裡可能會有什麼東西出沒。

靠近圍籬的位置視野並不好，他知道自己必須更加深入敵營而感到恐懼。留在此地，無法確保其他狗兒的安危。幸運只得鼓起勇氣啓程，匍匐前進，肚子緊貼草地。他加速，朝向一棵蓊鬱樹木前進。雖然稱不上最佳掩護，卻也不得不如此。

此時，他見到大家了，他們正待在狗屋投射的一片陰影中，並未保持肅靜。幸運不免感到惱怒又驚恐。這群狗眞是太不小心了。三隻狗朝最靠近的碗中食物狼吞虎嚥起來，沒有狗負責看守。

「美味極了！」黛西滿嘴肉塊說道。

「嗯。」艾菲此時只能吐出這個字眼，接著一聲興奮的喊叫之後，將整張臉埋進碗裡。

貝拉吞下嘴裡半咀嚼的食物。「我們得帶些回去給其他狗。」幸運聽見她向夥伴們宣告，「或許也帶點給幸運嚐嚐。」她感到十分自豪。

幸運心裡頗不是滋味，他不過是爲了保護衆狗的安危，卻只能眼睜睜望著其他狗兒大快朵頤，自己的肚子咕嚕咕嚕叫。他環顧四周，不見任何動靜——沒有狗群或是長爪的蹤影。

難道他們說對了？他心想。**我凡事過於小心翼翼？如果我坦承錯誤，貝拉肯定會沾沾自喜……**

幸運開始緩緩向前行，旋即怔住不動。

大屋舍轉角出現幾隻毛皮光滑、模樣兇狠的狗群正鬼鬼祟祟動做著。

幸運倏地毛骨悚然，他曾見過這類狗：身體瘦黑、尖耳，尖突的嘴就算不是在咆哮，也會露出尖牙。他曾在長爪的住處和工作場所見過他們的身影，他們通常負責看守，在主人的嚴聲斥責與發光長棍伺候下聽命行事。

幸運迅速躲在樹後，對方並未見到或是嗅聞到他，因爲他們的注意力全集中在一群陌生的狗身上。聽見踩在卵石上的腳步聲，艾菲、黛西與貝拉同時停止咀嚼，驚嚇得抬起頭。這群兇猛的狗群從下風處的方向來，趁其不備朝他們接近。此時，眼前幾隻大型犬以十分震攝的方式散開，訓練有素圍成一圈，將這群栓鍊犬團團包圍。

貝拉與艾菲彼此交換眼神，帶著焦慮。黛西當下做出的反應，可以說機智，只見她翻滾在地，背部朝下，露出脖子與腹部發出哀嚎。**幹得好，黛西**！幸運大感佩服。反應迅速，舉動合情合理。

艾菲神色緊張地望著黛西，接著模仿她的動作，臣服其他狗。但是貝拉卻四肢挺直、態度傲慢，朝這群大狗齜牙咧嘴。

幸運嚇得渾身打冷顫，呼吸困難，頸背高聳。**不，貝拉！別逞英雄，你不可能打敗對方！**

他想要衝出樹幹，拉住她的脖子，把她搖醒。她的態度高傲，顯然自覺是艾爾帕，幸運心想。**求求你，貝拉，別莽撞行事**。他不斷壓抑自己想要奔向她身邊的衝動，卻束手無策……

「你竟敢挑戰我們？」其中一隻猛犬開口說，他的嗓子低沉，語帶輕蔑。口氣似乎很高興看見對方向他們挑釁。這群狗準備發動攻擊，縮小圓圈的範圍，一步步朝幸運的同伴逼近。

黛西想要挽救貝拉，拚了命哀求道：「貝拉，求求你？」貝拉卻小聲叫喚，要黛西住嘴。但不久後，她深呼吸一口氣，垂下頭投降。她彷彿費了一番功夫，姿勢怪異，趴倒在地，臣服其他狗。

幸運短暫闔上眼，放鬆四肢。再次睜開眼後，發現猛犬的態度也放鬆了些，豎起耳朵，發出嗥叫。**感謝天犬，貝拉總算即時恢復理智**。

「你們是怎麼闖進來的？」其中一隻體型最大、毛皮最光滑的狗問道，她的聲音陰暗、死氣沉沉。**她肯定是他們的艾爾帕**，幸運心想。她的四肢和身體的肌肉發達，說話時，其他狗兒低垂著頭，臣服於她。在月光的照耀之下，她的身體發亮。

幸運望著栓鍊犬彼此交換眼神，飽受驚嚇的黛西有那麼一刻似乎想要回答，卻遭貝拉打斷。

「我們跳過圍籬進來的。」她對那隻大狗說，聲音雖然顫抖，卻努力鎮定。

幸運只想把腳爪遮住眼睛。**她怎麼會認為猛犬會相信她的話**？只要將黛西的身高與圍籬的高度比對，貝拉難保不會成爲他們的晚餐……

不過或許猛犬的腦袋並沒有牙齒靈光，因爲對方的艾爾帕竟緩緩點著頭，喉嚨發出咕噥聲響。

其中一隻巨型公犬朝貝拉吠叫：「想偷吃我們的配給食物？無恥的鼠輩。」

「的確。」對方的艾爾帕齜牙咧嘴，露出兇狠的嘴臉，「你們現在成了我們的俘虜，等我們想想該如何處置你們再說。麥斯，帶他們下去。」

公犬張嘴發出怒吼，幸運從未聽過如此宏亮的聲響，連他也忍不住感到驚恐想躲起來。見到貝拉、艾菲和黛西乖乖聽命，聚在一起，低垂著頭，幸運一點也不感到訝異。嚇得直發抖的拴鍊犬遭猛犬驅趕至大房子，體型龐大的狗兒不時做出啃咬的動作。黛西害怕得不斷發出吠叫，其中一隻負責守衛的狗貼近她，朝她齜牙咧嘴。

「住嘴！繼續前進！」

黛西夾著尾巴往前奔，耳朵垂下，模樣狼狽。艾菲強打精神待在她身邊保護她，但對方發出警告，他也只能舔舔黛西的耳朵，不情願地走在後頭。

噢，地犬，這群猛犬究竟是何方神聖？幸運納悶著。這群黑色大狗十分兇狠，一點也不友善。想把拴鍊犬咬得粉碎是輕而易舉。

求求你，地犬，幸運暗自祈願。**保佑貝拉和其他狗別葬身此地，他們儘管愚蠢，卻無意造成傷害。他們肯定學到了教訓，幫助他們逃離這裡……**

他必須靠近那棟大房子一些。如果速度夠快，或許可以趁那群黑狗不注意時採取行動。**在這之後呢**？**呃……就伺機行動**。

沒有一隻猛犬回頭張望，因爲他們忙著張開銳利的目光盯著他們的俘虜，幸運抓緊時機。**正是現在**！他從樹叢後方衝出。迅雷不及掩耳！光天化日之下奔跑過空曠無垠的空地，最後奔往一道滿是裂縫的牆面，躲在陰影處。

等候呼吸順暢些，幸運才鬆了一口氣，緩緩向前爬行，讓那群狗保持在視線範圍內。此時，他看不見栓鍊犬的蹤影，因爲他們四周被負責看守的狗兒團團包圍。高溫與恐懼令他全身不自在，渾身寒毛豎起，在牆壁的掩護下仍躲藏得好好的，此時猛犬驅趕他們穿過一道門，來到大房子另一側。牆面有幾處破損，卻仍堅實地將他們扣在其中，就算世界崩毀、天犬降至大地也不爲所動。

簡直毫無希望可言，幸運感覺自己尾端下垂，低垂著頭，彷彿遭長爪壓制，強迫他嗅聞地面。關懷栓鍊犬安危的恐懼夾雜著憤怒，他何必去理會這件事。這說明他爲什麼不願意加入狗幫，團體行動總是礙手礙腳，成群結隊又容易惹禍上身，必須顧及其他成員的安危，而獨行犬只要獨善其身就行了。

他蹲坐下來休息，一動也不敢動，小心翼翼貼著牆角張望。

這是脫身的絕佳機會。

這點不難理解，他現在能做的就是保護自己就好。他內在的本能要他盡可能遠離這裡，越快越好，趁現在還有機會離開，遠遠離開這個危險之地。對於受困於戒備森嚴牢籠中的狗兒他束手無策。他們早該聽從他的勸告。

就在他準備轉身之際，不由得想到，他們畢竟是我的朋友啊……

他想起大家共同面對的挑戰，每天都有自給自足的小小成就感發生。他不禁回想起黛西如何捕抓到鼴鼠，驕傲地向他展示……還有瑪莎跳進水中解救隊友，以及麥基如何賣力地驅趕大家遠離大城等回憶。

幸運暗自決定。

他繞至牆角，緊貼牆面，然後越過最後一片空地。他渾身血脈賁張，緊貼在破損鐵窗下的牆面，盡可能小聲喘著氣。他可不願讓猛犬聞到他、聽見他噗通噗通的心跳聲。

霎時，他還以為自己心跳停止。對方的艾爾帕聲音儘管兇狠卻輕柔地令他難以置信，正朝她的俘虜們低吼。

「另一隻狗在哪？」

幸運的心涼了半截，全身緊繃。**另一隻狗**？

他聽見貝拉發出的嗚咽聲，態度不再傲慢，帶著驚恐。艾爾帕卻無視她的否認。「寵物狗，你肯定知道那隻跟你長得很像的狗的下落。」

「我不知道你指的是誰……」貝拉聲音顫抖，嚇得牙齒打顫。

「噢，你肯定知道。」另一隻猛犬發出咆哮。

幸運緊貼在牆面下方傾聽，驚嚇得怔住不動。恐懼令他腸子打結，渾身不對勁。

他們聞得到我！

猛犬雖然沒有見到他的身影，卻清楚知道他就在附近。他們從其他狗身上聞出他的氣味，然後將味道與他的妹妹比對。這群兇狠獵犬的嗅覺肯定比幸運知道的任何狗還要靈光。

他要如何解救他的隊友呢？

第十九章

大房子比起低矮的狗屋高出地面一段距離，一段木造階梯導引至大門。這是幸運目前可以想到的最佳藏匿處，於是他蹲伏在房子下方，豎起耳朵傾聽自己是否暴露行蹤。他小心躲藏在草叢，不捲進其他麻煩事，至少現在他聞到了猛犬的味道。希望這兒的掩蔽足夠。

他不知道自己被發現後有多少機會活命。他肯定不是他們的對手，就連眼神也不夠銳利。或者他能夠跑得贏對手？甜心就辦得到，如果她在這裡。他感到一陣絕望。

只怕還沒跑完草叢一半距離，我就會慘遭活逮，被碎屍萬段。

他已經守候了幾個鐘頭，天色逐漸昏暗，空氣逐漸變涼，月亮高掛天空，幸運還是沒想出辦法來。他知道夥伴們求得了一些溫飽，因爲他聽見猛犬將盛裝食物的碗扔在他們面前的地板上鏗鏘作響，碗裡的乾肉塊滾了出來。他還知道他們被關進了狹小的房間內，隨時被看守著，因為他聽見黛西小聲抱怨。如果連黛西都覺得擁擠，他不敢想像貝拉將作何感想。他必須盡快想出辦法，但此生似乎頭一遭他感覺到自己的腦袋一片空白，想不出任何計策。完全不像一隻能夠掌握自己命運的獨行犬。

我可是隻獨行犬呢，而且是其中的佼佼者。他對自己說。

他彷彿感覺到森林之犬在他耳邊低語，竊取他的靈魂。的確，他需要耍點小聰明，而這些都是森林之犬的伎倆。幸運靜靜呼吸，闔上眼，乞求。

猛犬並未對他們的俘虜說教，只對他們發號司令，但他們在外巡邏或在漆黑夜裡站崗時，倒是常彼此竊竊私語。他們的動作準確，受過訓練，彼此的一舉一動都在預期之中。他們接受嚴謹的訓練，沒有任何一刻放鬆過警覺。這些猛犬肯定十分受到失蹤長爪們的重視。幸運感到不寒而慄，想起過往幾回與這類狗交手的不愉快經驗，唯一合理的反應也只有拔腿狂奔……

但貝拉、黛西與艾菲無處可逃，加上幸運也不願意拋下他們，他只得待在階梯的暗處，輕輕呼吸，靜靜躺著，豎起耳朵。

三隻猛犬從大房子走出來，幸運向後退縮，希望沒被對方瞧見，但他們卻未步下階梯。他們坐在幸運的正上方，無法看見身影，只能聽他們大聲談論俘虜，語帶輕蔑。

「我們真該解決掉他們，刀鋒。」其中一隻猛犬咕噥道，眼睛盯著碩大的明月。他們貼得很近，幸運不得不屏住呼吸，藉以穩住自己的心跳。

「短刀說得對。」另一隻狗接著說，「我們把他們的屍體丟在圍籬邊，以示警戒。更何況，他們只會惹來麻煩。」

「而且他們的食量驚人。」短刀補充，「彷彿當做最後一餐似的狼吞虎嚥，眞是浪費糧食。一群可悲的混種狗。」

「或者我們將他們痛打一頓，再放他們走，藉此警告其他狗，這件事很快便能傳開。」另一隻狗意興闌珊說。

「他們哪兒也不能去。」第三隻狗也就是他們口中所稱的刀鋒表達自己的意見。幸運認出她細緻的聲音，她是艾爾帕。「除非他們供出如何找到我們和潛進這裡，他們滿嘴說自己是跳進來的，我可不信，你呢，麥斯？」

「別擔心，刀鋒，我們會逼他們說出真相。」麥斯暗暗說道，「他們會後悔欺騙我們。」

「的確。」刀鋒顯得沾沾自喜，「我敢說他們不用多久就會不打自招，順便說出第四隻狗的下落，我知道他就躲在這裡某處，我聞得出來。」

幸運身處在他們的下方，閉著雙眼，試圖要想出辦法。這群身體光滑、震攝力十足的猛犬或許能夠逞兇惡鬥，但似乎沒啥大腦。如果他是刀鋒，聽完貝拉的荒謬說詞後，肯定會聯想到圍籬有個洞，然後派遣一名手下前往查看，接著把洞封死，再也不會有誰闖進來。

他暗自期待森林之犬的小聰明能夠庇佑他想出辦法，展現奇蹟的一刻——如果真有其存在。

他偷偷從階梯下方爬出來，聽見頭頂傳來猛犬們的交談聲響，他們對幾名遭囚禁的俘虜完全失去警戒。其中一隻猛犬起身、伸展四肢，幸運聽見對方的爪子在木頭上抓扒的聲音，於是他緊張地停住不動，屏息等待這隻狗重新坐回，耳朵傳來他嘴裡發出的咕噥與嘆息聲。

越過草坪是個膽顫心驚的考驗，必須在陰影之間靜靜移動。幸運小心翼翼踏出每一步，向森林之犬祈求別讓自己形跡敗露，現在還不是時候。

停住時，幸運已經靠近圍籬一半的距離，他盡可能均勻呼吸，穩定自己。**距離夠遠嗎**？如果夠遠，他們應該不至於追上來。另一方面，他可不想誤判距離，成爲猛犬的餐點。

我辦得到。他弓起兩肩，深呼吸，然後發出一聲狂野、震耳欲聾的吠叫，接著跳往空中。一個迴旋，四肢平穩落地，迅速轉圈，停住，發出嗥叫。

猛犬們全都跳了起來，在月光下瞪著他，由於敵方都處於吃驚的狀態，一時半刻不知做何反應。不過伴隨他的嗥叫聲，許多猛犬紛紛從屋內探出頭。幸運仰起頭，再次發出長叫，聲音劃破寂靜夜空。「嘿，蠢蛋！」

刀鋒壓低著頭，低吼，只抬起其中一隻腿，似乎有些遲疑。顯然，幸運的舉動過於瘋狂，引起她的懷疑。

「一群可悲的瘋狗，蠢蛋加三級！哈！」幸運絞盡腦汁把過去在城市大街裡討生活時聽過的辱罵字眼都用上，「你們的母親吃蟲，父親是狐狸！」

「你這個……」刀鋒發出怒吼，但是幸運的吠叫聲壓過了她，顯得趾高氣揚。

「你們在臭味桶裡出生！身上的味道難聞極了，連跳蚤都唾棄你們！母親沒有尾巴！聽見沒，有皮膚病的傢伙？你們的父親喜歡舔長爪的排泄物！」

許多猛犬朝他撲過來，憤怒地發出嗥叫。幸運只遲疑一會兒，睜大了眼，望著他們越過草皮，下顎流著唾沫。那些辱罵的字眼發揮了功效，所有猛犬全都追了過來。

很好！

噢……糟了。

幸運迅速轉身，死命向前狂奔。

他朝圍籬前進，折返，轉身，閃躲，其中一隻猛犬的尖牙還差點咬住他的尾巴。他們的腳程很快，幸運知道這都是因爲那些辱罵的字眼惹毛了他們，於是他們惱怒地朝他猛撲而來，比起一般猛犬更加氣急敗壞。幸運最大的優勢是出自於對猛犬的恐懼，讓他的閃躲與飛奔技巧發揮得淋漓盡致。他氣喘吁吁沿著圍籬狂奔，盡可能遠離黛西挖開的洞口。他得把他們引到另一頭。他希望同伴們聽見騷動。**現在，森林之犬，**他暗自祈禱，**庇佑貝拉知道該採取什麼行動……**

幸運臀部一滑，煞住身體，倏地轉身，朝兩隻追逐在他身後的猛犬猛然回奔。兩隻狗此時正在氣頭上，憤恨地發出嗥叫，下顎流出的唾沫掃過幸運的臉，他再次拔腿狂奔，心臟都快跳出來了。

眼見他的招數都快用盡，對方也逐漸抓住他的把柄，或許他該自顧逃命去？如果能夠及時鑽進矮樹叢，與他們拉開的距離，再趁機鑽到圍籬下方的洞口，或許……

噢，不！

幸運撞向鐵絲網被彈了開來，視線完全一片漆黑，他受到驚嚇，身體打滑。可以確定的是正前方的圍籬檔住他的去路。

他連忙起身，顫抖著身體，氣喘吁吁，猛犬圍成了半圓形朝他逼近。

他眨眨眼、喘著氣，目光在這些身體光亮的猛犬身上來回游移。此時，他們平靜許多，情緒受到控制，重拾信心，展示結實肌肉，準備採取行動，將幸運團團包圍，發出咆哮。他們緩緩朝他逼近，四肢挺直，露出尖銳牙齒。漆黑之中，目露兇光。

「現在明白誰才有腦袋吧，發臭的混種狗？」麥斯朝他咆哮。

幸運全身毛髮豎起，往後退，直到無路可退，鐵絲圍籬刺痛著他的背。

這算不上什麼。不用多久，他將嚐到更加劇烈的撕咬傷。這群野蠻猛犬已經準備將他碎屍萬段。

第二十章

「刀鋒！刀鋒！」

刀鋒優雅的頭部倏地轉向呼喊聲，幸運這才發現準備取走他性命的幾隻猛犬少了一隻，他的心幾乎涼了半截。儘管怒火中燒，刀鋒肯定派遣其中一隻猛犬返回查看了。那現在……？

「他們不見了，刀鋒！那群俘虜不見了。」

她將注意力轉到幸運身上，齜牙咧嘴，露出致命的白牙。幸運忍不住靠在圍籬邊發抖著。

「你的同伴呢？」刀鋒怒吼，「他們還在這裡嗎？」

幸運嚥了嚥口水，祈禱他們已經逃了出來。

刀鋒不懷好意朝幸運逼近。「說實話，蠢蛋。他們躲哪兒去了？他們不可能逃得出來，就算真的有奇蹟一跳的能力。」她語帶輕蔑地逼問。

幸運發出沙啞地叫聲：「我不知道。」

「你不知道？嗯，我來看看。我現在就可以把你碎屍萬段，或是你願意幫我圍捕你那群可悲的同伴。」

「是啊。」短刀答腔，「我們不會傷你一根寒毛，頂多一點小傷。」

「沒錯。」刀鋒露齒竊笑的模樣真嚇人。「如果你肯透露他們的行蹤，對大家都好。你知道，對不對？打從我們抓到那群狗，你就藏匿在附近。」她近乎嘲笑的口吻吐出這個字眼。「所以你肯定知道他們現在的下落。說話呀，蠢狗，或許你跟你那群低能的朋友能保住小命。只要照做，我們就不會殺你。這很公平，不是嗎？沒有比這更好的交易。」

麥斯待在老大的身邊發出竊笑。

幸運望著刀鋒的雙眼，試著止住身體的顫抖。在這雙深不可測的目光中，他見不到一絲仁慈。

不論如何他都難逃一死，她會殺光他們，如果逮到機會的話……

至少，其他狗都逃了出來。幸運的目光望向刀鋒與其手下的位置，遠眺圍籬另一頭的樹林。**謝謝祢，森林之犬**，他心想。**儘管無法挽救我們全**

部，卻解救了我的同伴們……

遠方傳來拍翅的聲響。

幸運眨眨眼。

此時，繁茂的樹林飛出一隻烏鴉，在天空盤旋，發出粗嘎叫聲。在漆黑夜晚竟見到烏鴉出沒？他曾在城市裡見過這種鳥，當他極需勇氣時就會呼喚牠。猛犬的花園內竟然也有一隻。

眼前此景肯定傳遞著某種訊息，提醒他的出身：他是隻獨行犬，在街頭討生活，機警、狡黠。該是時候找回這些屬於他的特質。

幸運跟隨著自己的本能。忽然間，他朝刀鋒的身體猛撲，她一時半刻沒有及時反應，只能呆愣住；接著，幸運一個轉身，咬住對方柔軟的下腹。他緊咬住她的身體不放，直到舌尖嘗到血漬的味道，對方痛苦又氣惱地發出吼叫，他鑽出她的身體，鬆開牙齒。越過在場所有狗，奔向圍籬。

出其不意的攻擊替他爭取到了寶貴的時間。現在沒有時間去想如何抵達洞口，只有拚了命往前衝。大型犬轉彎的速度較慢，他們亂成一團，氣急敗壞在幸運身後急起直追。他聽見了他們奔跑時的腳步聲，以及發狂的怒吼。此外，徒留自己上氣不接下氣的喘息聲。

他穿過矮樹叢，胸口與肌肉發熱。四條腿眼見快要使不上勁，他強迫自己跑下去，直到心臟快爆出胸口。圍籬的洞口越來越接近，猛犬們緊跟在後，穿過矮樹叢時撞成一團。

快跑，別停下來。我可不想要成為猛犬的晚餐……

他幾乎感覺到對方緊貼在後呼出的熱氣，穿過最後一個矮樹叢，尋找洞口。**不在那裡，不。**

幸運繼續搜尋，感覺刀鋒和她的狗幫正張開血盆大口跟在身後。他怎麼會錯過？他真的錯過了洞口嗎？如果他真的錯過那個出入口，他就死定了。

在那兒！洞口就在正前方，地上一塊黑影，嗅聞得到黛西、艾菲和貝拉的味道。幸運往下一蹲，一陣手忙腳亂，跟著後腿用力一踢。

千鈞一髮之際，洞口漆黑一片，彷彿沒有盡頭，令人害怕。幸運的前腿拚了命用力攀爬，努力把自己擠進洞裡。奇蹟瞬間發生，他的頭穿出了洞口，嗅聞到開闊的空氣。接著，身體其他部位跟著出來，尾巴一甩，泥土灑落一地。他搖搖晃晃站穩，用力甩動自己，然後顫抖著腿，盡可能迅速離開那座驚駭的狗花園。

猛犬們跟在他身後，撞翻在圍籬邊，氣得發狂。他們根本就沒見到那個洞，即使洞口就在一旁。幸運騙過了所有的猛犬。刀鋒跟他的親信現在成了俘虜，被高高的圍籬囚禁其中。他們沿著鐵絲圍籬跑了一段距離之後，幸運仍聽見他們重擊圍籬的聲音，怒不可遏地尋找他的脫逃路線。

「該死的街頭臭狗！」刀鋒大聲咆哮。

幸運遠遠奔向山坡，然後停頓下來，站得筆直，氣喘吁吁，聆聽那片漆黑之後任何不尋常、危險的聲音。站在至高處，夜色沉靜，只有偶爾傳來蟋蟀的叫聲以及微風吹拂樹葉的沙沙聲響，猛犬兇猛的追捕聲如今已逐漸消隱。

他們上哪兒去了？離開了嗎？

幸運環顧四周，嗅聞地面尋找貝拉、黛西或是艾菲的氣味。他微微聞到他們的氣味，但他們並不在附近。

他們離開我了，幸運心想。

其他狗逃命去了，留他獨自奮戰，這也無妨。最終，他們終於面對現實，盡可能遠遠離開，此時應該平安無事了吧。

霎時，幸運的耳邊傳來開心的吠叫聲，他嚇了一跳。

「貝拉？」

他的妹妹從矮樹叢下方鑽出，鬆了一口氣的表情。她把腳搭在他的肩膀上，熱情地舔著他的臉，他感到既驚又喜。因為他們處於逆風處，所以才沒聞出他們的氣味。他肯定用完了森林之犬給他的好運，逃過了猛犬的魔掌，卻與他們走散。

「幸運！」貝拉喊道，「你辦到了！」

突然間，其他狗兒跟著走上前：艾菲興奮大喊，小黛西在他跟前雀躍不已，試著把貝拉擠向一邊，舔舔幸運的耳朵。

「黛西！艾菲！」幸運蹲伏在前腳上，不停搖擺著尾巴，大家彼此開心地寒暄。「你們停下來等我！」

「當然囉！」黛西繞著圈圈大喊，「我們怎麼能扔下你不管，幸運？你救了我們一命！」

艾菲的短尾巴在空中搖擺。「你真好！」

「你冒著生命危險又救了我們一命！」黛西對幸運表達感激之情。

「噢，黛西。」他嘆了一口氣，蹭蹭她，「吃過你的美味鼴鼠後，我怎麼能拋下你不管。」

貝拉此刻似乎平靜許多，態度顯得順從，儘管當她面對著幸運時，尾巴仍舊不停擺動。「抱歉，幸運。我沒有聽從你的勸告。」

他朝貝拉眨眨眼，嗅聞她的臉，一時語塞。

「你說得對，當初眞該聽你的勸。」她的語氣和緩許多，「我不會再犯同樣的錯誤。」

幸運內心一陣激動。「不要緊。」他舔舔她的前額，「別擔心，貝拉。我們現在必須即刻動身離開，你們聽。」

四隻狗筆直站著，在夜裡豎起耳朵。不遠處依舊能夠聽見那群受挫的猛犬發出的咆哮聲，在那道阻止他們前進的圍籬前來回搜尋。他們並非無所不能，外加上並非自由之犬。儘管他們嗅覺敏銳，卻沒找出那個幫助幸運一群狗脫逃的出口。就算發現洞口，也得費一番功夫挖掘。幸運可不願再冒這個險。

「我們該離開了。」他的語氣堅定，「走吧。」

這回，其他狗兒完全沒有異議。艾菲找到從猛犬基地離開的小徑，準備在夜裡趕路，黛西與貝拉則緊跟在他身後。

幸運停下腳步回望圍籬，明白刀鋒肯定一心只想報復。對自尊心強的狗兒來說，被將了一軍，肯定是個莫大的屈辱，對她來說這會是個挑戰。

幸運十分確信，她不會善罷干休。

第二十一章

幸運清醒後，望見東方的地平線出現一道淺灰色線條，周遭的景物尚未沾染色彩，卻清楚看得見形狀。荊棘與樹枝刺痛他的身體，其他同伴肯定也睡不好，但是幸運堅持大家得窩在矮樹叢下過夜，直到天亮。如果遭敵方追捕，他可不願引領刀鋒與她的狗幫循著氣味找到他們的基地。

他睜開睡眼惺忪的雙眼，伸展僵硬、痠疼的肌肉，懶洋洋甩動尾巴，朝熟睡中的黛西走去，蹭蹭她的耳朵。

「醒醒，黛西。該啓程了。」

她驚醒過來，歷經種種危險，睡得極不安穩，於是也接著輕聲喚醒艾菲，搖搖他，想要盡快離開。至少，幸運心想，他們瞭解到保持警覺的重要性。

「我不認爲那群猛犬找得到了出口。」幸運小聲說，「但是我們不能浪費時間閒晃，他們白天肯定會再試一次。」

「是啊。」黛西渾身發抖。

艾菲在啓程前伸展四肢、抓抓身體。另外三隻狗緊跟著他，腳步輕快。與猛犬們距離越遠越安全，幸運心想。他們得離刀鋒跟她帶領的狗幫遠遠的，而唯一的方式便是不斷地趕路。

一想到連基地的安全也遭受威脅，幸運的內心不免感到沉重。他恐怕得向狗幫其他成員宣布這項壞消息。

行走對於幸運痠疼的身體多少有些幫助，但他依舊感到疲憊不堪，消極的想法在此時更加幫不上忙。貝拉目光帶著焦慮，不斷望向幸運，但他並不打算說話。

他們來到寬闊的山坡，抵達基地的時間遠比幸運所想得還短，卻更加確定這裡不能久留，這地方太過危險。

麥基衝過來迎接他們，聰穎的臉龐帶著憂愁。陽光來到幸運的身後，鬆了一口氣大聲吠叫。

「你們終於回來了！謝天謝地！發生什麼事？」

「大家集合後，我再全部告訴你們，陽光。」幸運舔舔她的鼻子，把她往基地的方向推趕。他試著不去注意麥基觀看他的眼神，他一臉愁容。

栓鍊犬迅速集合，輕輕將主人的隨身物擺放在身旁。聽完事發經過，大家都很慶幸所有狗能夠平安無事返回——儘管多數時候都是艾菲與麥基忙著插話。對於沒有帶回食物這件事也沒有表達失望之意。

「眞不敢相信你們能逃過敵人的追逐。」瑪莎打了個冷顫，「他們聽起來不好惹，而且兇狠。」

「他們的確兇狠得嚇人。」黛西強調。

「你們眞該瞧瞧幸運奔逃的英姿！」艾菲嚷嚷，「我還以為他完蛋了，他卻修理了他們一頓。」

「他眞是膽識過人！」黛西帶著崇拜的眼神望著幸運。

「他們會追到這裡來嗎？」陽光問。

「有可能。」幸運深呼吸一口氣，「他們會循著我們的氣味找到基地，但不會找到我們，因為我們現在就會離開。」

在場所有狗全部瞠目結舌，尾巴與耳朵垂下。

「不會吧！」陽光哭喊道，「已經追上來了？」

「別這樣，陽光。我知道你捨不得離開這裡，但是我們可以找到一樣完美的基地。」瑪莎心疼地舔舔她，幾乎將這隻小狗撞向一邊。

「沒這麼容易，但我明白幸運的意思。」麥基的口吻沉重。

「那麼我們準備離開這裡吧。」貝拉的語氣顯得一派輕鬆，「除非你們想待在原地，等候刀鋒跟她的同伴找上門。我告訴你們，你們絕對不會想這麼做的。」

「說得對。很抱歉，陽光。」艾菲附和貝拉，仍感覺餘悸猶存。

陽光最後難過地發出嗚咽，依依不捨望著那片擁有遮蔽與清澈溪水的綠地。「好吧。」

「那麼準備上路吧。」貝拉宣告，「收拾自己的隨身物品。」

幸運儘管受挫，也只能嘆口氣，選擇不表達自己的意見。**就讓他們帶著自己的家當吧，如果這麼做能令他們好過些**，他心想。至少，他們迅速整軍待發，接受放棄基地的想法。這是個不錯的開始。

大家離開基地，先是攀登上光禿禿的山脊，然後走向小峽谷，幸運卻發現到這群規模小小的狗幫不同於以往。這群栓鍊犬如今已脫胎換骨，不像當初在他的帶領之下離開城市時，面對一切總是緊張兮兮、欠缺經驗歷練的雜行軍。

他們身上不再帶有肥皀香味與長爪的氣味，而是帶著溪水、山林以及大地與同類的味道。充滿自然的野生氣味，渾身骯髒卻不邋遢。儘管陽光看起來不再像經過長爪仔細梳理過的漂亮狗，在幸運看來，這隻白色長毛小狗頂著糾結的毛髮，腳底沾滿泥巴似乎顯得更加快樂。她與麥基也學會和睦相處，當麥基提議他們一起獵食，她也欣然同意。

「別離開太遠！」幸運提醒。

「不會。我們會盡可能跟上同伴。」麥基語氣嚴肅。

幸運望著原本水火不容的兩隻狗，如今在沿著峽谷生長的矮樹叢一塊兒獵食而感到不可思議。是啊，這幾乎稱得上是個訓練有素的狗幫。幾乎聽不見任何抱怨聲傳來，也不再停下來哭訴著背上的刺，或是腳底的瘀青。大家齊心協力，彼此關照，甚至沒有留心到自己的改變。

他們內在的靈魂甦醒過來，幸運覺得驕傲。

就連貝拉也學會傾聽自己內在的靈魂，儘管她不願承認或是意識到這點。他們正在學習如何成爲一隻自由之犬。

大家抵達下一座低矮山丘時，幸運更加謹慎行動，他匍伏在地，壓低耳朵。麥基與貝拉留意他的舉動，各自來到他的身邊。

「怎麼回事，幸運？」貝拉顯得不安。

「那塊地正是我們目擊身著黃色外衣的長爪出沒的地方。我們得小心行事。」

群狗不安地望向腳底那片土地。

很好，幸運心想，**他們總算學會在開口行動前，三思而行**。

站在至高處，幸運得以一窺全景：長爪的巨塔冒出黑煙，流動遲滯的河水呈暗黃色，點綴著噁心的泡沫。一旁的道路蔓延著污穢的肥皂水，或許泡泡水是那座塔流出來的。幸運感到不寒而慄，甩甩身體，他十分慶幸大家離開那個可怕的地方。那地方總讓他聯想到驚恐不安、疾病與死亡。

幸運加緊步伐跟隨大家離開，大家取得共識後不免令幸運鬆了一口氣，他再次感到自在，開心聆聽陽光與黛西在他身後閒聊。

直到長爪的斥責聲傳來。

幸運怔住不動，其中一隻腳停在半空中，背脊發涼。其他狗，想當然，也跟著豎起耳朵，其中一、兩隻狗興奮發出吠叫，遭貝拉制止。

「冷靜點！」貝拉咆哮，「別出聲！你們都忘記黛西的教訓了！」

「噢，是呀。」黛西小聲說，「凡事小心為妙。」

幸運步伐謹慎，小心穿過前方的樹叢。看見低矮屋舍，外圍有生鏽的鐵絲圍籬，幸運立刻聯想到猛犬的家也是如此。即使如今已經將刀鋒及其同伴遠遠抛在後頭，幸運並不樂意見到眼前這一幕。他不安蹲伏在地，嗅聞圍籬。

前方與一旁樹枝折斷的聲響幾乎令他嚇得叫出聲來，不過他仍然盡力保持冷靜，緊貼樹幹，希望自己不被發現。幸運確定發出怒吼聲的是長爪，牠從濃密的樹叢中竄出，身型卻巨大的有些不尋常。他立刻察覺到原來是長爪的肩膀上披掛著一隻鹿的屍體，他的另一隻手則拿著一支長槍，根據其散發的濃烈氣味判斷，不久前才擊發過。另外還傳來其他氣味：鹿的屍體流出的鮮血。**獵物……食物……**

低矮房舍的門倏地開啓時，幸運立刻躲避至樹幹後方，只見長爪忙著將那頭鹿抬進屋內。如果狗幫成員安靜不出聲，長爪根本不會察覺到他們的存在。

但布魯諾卻往前直奔，發出吠叫，想跟對方打招呼，麥基、陽光與艾菲也跟著按捺不住。貝拉大喊著要他們回來，但只有黛西、瑪莎聽從她的話，黛西這隻小小狗依偎在同伴腳邊，不住地發抖。其他狗兒一邊開心地朝長爪吠叫，一邊向前狂奔，耳朵豎起。

長爪一個轉身，重重放下肩上那頭鹿，瞪大雙眼盯著狗群。

緊接著牠發出另一聲怒吼，將長槍置於肩頭，朝奔跑中的狗瞄準。

幸運嚇得寒毛豎起。其他狗兒難道不知道長槍的殺傷力？它會造成什麼樣的傷害？長槍發出巨響時，他忍不住發出警告叫聲。

巨響跟大咆哮一樣震撼，在空曠處發出回音，幸運的耳朵跟著嗡嗡作響。奔跑的狗兒們嚇得停下腳步。

幸運焦急往前衝，擔心同伴的安危。他很快便發現大家平安無事，長槍應該是朝他們身後瞄準。

看見這群狗受到嚇阻，長爪轉過身，將鹿拉進屋內，然後用力把門一甩。

四隻狗聚在一起討論後，幸運卻不敢相信自己眼睛所見到的。他們不但沒有夾著尾巴逃命，反而繼續朝那棟低矮建築前進。

布魯諾結實的身體用力衝撞著門，其他狗兒跟著抓扒起門來，胡亂叫著。幸運停下來與貝拉彼此交換眼神，大感不可思議，他向前狂奔，妹妹緊跟在後。

「快離開呀，蠢蛋？你們究竟在做什麼？」

「布魯諾！」貝拉大聲吼叫，「你難道沒聽見那支長槍發出巨響嗎？」

布魯諾將她甩開，繼續抓著門。「那不過是支槍，貝拉！我的主人也有這樣的長槍！牠也會拿槍去獵鹿，跟這支一樣！」

「你難道沒看見嗎，貝拉？」麥基大喊，「他並沒有射殺我們，不是壞人。跟那些身穿黃色毛皮、看不見眼睛的長爪不同。」

「噢，貝拉！長爪獵了一整頭鹿！牠如果放我們這群狗進去，可以跟我們一起分食。牠一個人吃不完整頭鹿！我們能夠幫上忙！」艾菲再次朝那道門瘋狂大叫。

屋內傳來長爪氣憤的怒吼聲，幸運發出一陣冷顫。陽光看起來比起其他狗略顯不確定，不安地回望瑪莎與顫抖不已的麥基。「也許貝拉說得對，麥基。長爪的確是想要嚇跑我們，即使牠並未……傷害我們。」

「牠下回就會置你們於死地。」幸運氣憤發出怒吼，「這次只是給你們一個警告……」

「謝謝你，幸運！」貝拉打斷幸運，等他平靜些，再繼續往下說，「你說得對極了。」她轉身面對其他狗。「我跟你們一樣思念我的主人，但眼前這個長爪並非我們的主人，我們不能見到誰就去追！」

布魯諾、麥基與艾菲首度出現不確定的表情。「但是貝拉……」艾菲小聲反駁。

「沒有用的。」貝拉大聲責備，「你們必須停下來，想一想。幸運難道沒有救你們一命？」

所有的狗此時一臉羞愧。幸運驕傲地望著他的妹妹，內心略顯緊張。對於貝拉的領導能力大感佩服。四隻失去控制奔逃的狗都服從她的話，低垂著頭，夾著尾巴，返回樹叢與其他同伴會合。貝拉肯定能成爲優秀的艾爾帕。

他們不再需要依賴幸運。

回程時，黛西鬆了一口氣，輕聲說道：「拜託，麥基。我們就別管長爪跟牠的獵物了，牠現在滿腦子只想到這個，我們趁機趕快離開！」

「你說得對，黛西。」麥基的聲音聽上去帶著羞愧，「我感到很抱歉，大家也是，貝拉。我們思慮不周。」他滿臉歉意舔著貝拉的鼻子。

「不要緊。」貝拉回答，「從現在起，我們全都必須時時提防長爪。我們對牠們不瞭解，牠們也並非我們的主人，你們必須謹記在心。」

當大家朝山谷前進，安靜許多後，幸運走到貝拉身邊。他舔舔她的下顎時，她雖然一臉狐疑，卻也似乎很高興。

她開始理解這一切是怎麼回事，幸運心想，內心感到一陣溫暖與驕傲。

之後，大家加緊腳步趕路，儘管面對長爪和用長槍嚇唬他們的態度令人感到氣餒。停下來休息、飲水與進食的時間並不長，幸運仍花費許多時間對陽光與麥基獵食兔子的行徑大加讚揚。此時，他們需要的是鼓勵，尤其歷經剛才那場驚嚇以及貝拉的嚴厲指責。

但大家果真比起從前更加經得起磨練，即使走了許多路，太陽逐漸西下，仍少有抱怨。幸運觀察陽光與黛西到達體力的極限時，他站在山頂對大家打氣。

「我們在這裡停下來休息吧。看！」

狗群聚攏在幸運身旁，癱軟在地，把頭枕在腳上，凝望著眼前的景色。

「噢，老天。」瑪莎深呼吸一口。

「這是我們居住的城市？」陽光倒抽一口氣。

大家站在至高處，眼前這一幕前所未見。海岸線宛如彎曲的銀色緞帶，廣闊的藍色海洋向地平線延伸一望無際。腳下險峻的山坡，緩緩朝一片廣闊的平原延伸，更遠處，修剪整齊的草木從這裡看來顯得微小。

那片地方也是他們的城市。幸運睜大了眼看。從這個角度望向廣闊延伸的景色，比起身在城市中的距離，更能見到其中的改變。一道道裂隙宛如生了疥癬的皮膚，建築物紛紛傾倒，閃爍著銀色光芒的湖泊不再存在，只留下充滿有毒物質的暗黃色大河在頹圮的建築物之間漫流。

在陽光的驚呼聲之後，四周陷入一片沉默。此時，貝拉步上前，面對她的同伴。

「聽我說。這個世界已經完全不同。」她說完後，瞄了幸運一眼，只見他點點頭，輕聲給她鼓勵。

貝拉更加信心滿滿，再次向狗幫喊話：「你們從這裡幾乎可以看到全貌，不是嗎？你們也見到了整個世界出現什麼改變，完全不同的世界需要觀念煥然一新的狗。」她一一望著每個成員的眼睛。

黛西感到不安發出低吠，瑪莎漠然回應貝拉的目光。「你不會只是想要告訴我們世界出現了改變吧，貝拉？」

貝拉深吸一口氣，唯一見到她顯露不安之處在於她的尾巴擺動得過猛。「我們必須學著如何依靠自己的力量活下去，沒有選擇的餘地。」

「貝拉，我們已經努力在試了，眞的。」艾菲說。

「我知道！我們表現得像個眞正的狗幫！但是如果我們不相信自己，絕對不可能自食其力。」貝拉抓起艾菲掉落在地上的球。「我們必須接受獨自面對一切的事實，依賴自己的力量，而不去依靠他者。甚至連自己的主人也得排除在外。我們必須……拋開那些牠們留下的物品。」貝拉深吸一口氣。

麥基驚嚇得掉了手套，望著它，再看看貝拉。「丟掉它們？貝拉，我們辦不到！」

「我們必須這麼做！難道你們看不出來？除非我們拋開過去的一切，否則我們絕不會相信自己或相信誰。我們必須接受這些東西代表過去！至少，重要的是現在，麥基。這些東西固然重要，卻代表了陳舊的過往。請你相信我。」貝拉的兩耳下垂，默默說著，「或許幸運說得對，我們必須努力傾聽我們內在的狗靈。」

幸運此生從未感覺如此驕傲。

麥基難過得望著布魯諾，他長嘆一口氣，躺了下來，頭貼著腿。艾菲卻憤怒大喊打破沉默。

「不僅幸運不瞭解這一切，我開始認爲你也不瞭解，貝拉。」

「艾菲說得對。」麥基起身說道，「我知道幸運難以體會，但是貝拉你應該知道這些東西對我們的重要性。」

受挫的幸運只想大聲呼喊，**重點在於你們願意放棄這些物品**！但他知道這件事的重要性，特別對貝拉來說，因此幸運保持沉默，不發一語。

「這些東西固然重要，但是生存更加重要。」貝拉平靜回應。

「你這麼說的原因是因爲幸運的緣故！」艾菲放大音量，「你不過是想要討好自己的兄弟！」

「沒有這回事！」貝拉打斷他，「我說的是事實的眞相。」

「不，貝拉！」陽光緊抓住自己的黃色項圈抗議，「不，我不會丟掉它！這是主人買給我的，具有特別意義！」

「沒錯！」布魯諾跟著附和，銜住帽子，彷彿害怕貝拉取走它。

艾菲的目光充滿怒火。「你眞令我大感驚訝，貝拉。我們不會輕易放棄主人！」

「那麼我們就無法學會生存！」她大聲喊道，「我們總是尋求主人的協助，但我現在認清牠們不會回來的事實了，如果你們誠實面對，就會明白我的意思。」

在場每隻狗七嘴八舌吵了起來，黛西突然坐起身，悲傷發出嚎叫。衆狗見狀望著她，一臉吃驚，接著鴉雀無聲。

「別吵了！」她哭喪著臉，「我不想看到大家爲此爭吵！」

貝拉轉身面對這隻小狗，舔舔她的頭，安撫她。「很抱歉，你說得對。爭吵一點忙都幫不上。」她態度堅定，抬起頭，再次望著所有狗。

幸運望著眼前這一幕幾乎喘不過氣。他無法插手干預，事情的確難以取得平衡。這次從猛犬的魔爪中逃出來，令他們深信幸運的話不無道理，現在則輪到了貝拉。他們是否都已經學會記取教訓？

瑪莎率先做出行動。不一會兒，她彎身，拾起她的紅色圍巾。幸運嚇得心臟都要跳出來，還以爲她要違抗貝拉的命令，轉身走向不確定、充滿危險的未來。

出乎預料的，她找到一塊柔軟的土地，開始用前腳掘土。不用多久，她那個長了蹼的巨爪便挖了個小洞。其他狗兒靜靜望著一陣塵土飛揚。等到地上的洞挖掘到前腿的深度，她拾起圍巾，緩緩將它置於那個洞裡。

其他狗兒面面相覷。布魯諾發著牢騷一樣照著做，艾菲則丟進他的球，陽光則是扔進發亮的項圈。當她緩緩將層層泥土覆蓋在閃閃發亮的寶石上頭時，表情帶著悲傷。黛西則是費了一番功夫才挖了一個夠深的洞，把舊皮包埋進去，在瑪莎的幫忙之下，齊心在上面覆蓋泥土。

幸運靜靜望著他們的一舉一動，害怕打破狗靈的庇佑，如今他們終於願意傾聽內在的聲音。最後，貝拉拾起破舊骯髒的泰迪熊玩偶，跟著埋進土裡。

完成後，她望著唯一不做動作的麥基，只見麥基緊抓住手套。「這是小主人最珍貴的東西，貝拉。我知道這東西對牠的重要性，除非不得已，否則牠不會丟下它。我也確信牠一樣不會丟下我。」

貝拉望著他，若有所思。其他的狗則面面相覷。

麥基一臉不捨地蹭蹭手套的舊皮革，然後抬起頭。「我不願放棄對主人的信心，也不認爲你們應該如此。我明白爲何留下這些東西的原因，貝拉。也明白不能再依賴主人的呵護。但是我們之中總得有狗牢記這件事，替其他狗幫的成員帶著這些記憶。」他小心翼翼銜起手套。「那就是我。」

貝拉不得不接受他的決定，輕聲說道：「也許你說得對，麥基。大家偶爾也可以幫你帶著它，這意味著我們全都參與了這些記憶。」她充滿情感磨蹭著麥基的臉。

幸運讓他們短暫與主人留下的物品相處一會兒時間，緩緩步下山坡，回頭張望。只見每隻狗兒站在隆起的小土丘前，朝天空發出嗥叫。眼前這一幕令幸運百感交集。他們當然是在哀悼自己的主人，卻將他們的哭喊傳送到世界的盡頭！無論他們知道與否，他們正學習與地犬和平相處……

一片哀號聲中傳來貝拉堅定的聲音，他感覺到內心裝著滿滿的愛與驕傲。

「地犬！」貝拉大聲呼喊，「請庇佑我們以及埋進地裡的物品！」

「還有！」麥基大喊，「地犬！請保佑主人們安全返家。」

幸運無法分擔他們的悲傷，卻不免心疼他們。儘管對他們寄予同情，同時間他又顯得有些高興得昏了頭，因爲他已毫無牽掛可言。他是隻自由自在的獨行犬。

第二十二章

隔天傍晚，經過一連串漫長、疲憊的旅程之後，穿過了森林與溪流，幸運找到一處山谷地。由於坡度過於崎嶇，他只得將前腿趴躺在斜坡邊緣，向前眺望。

所有狗兒帶著一身疲憊，走到幸運身邊，身上沾滿旅途的塵埃，幸運默默眺望眼前的景色。清澈河水流過山谷中央，沿途受到石頭與群樹和矮樹叢的阻隔而改道，除了幾個遮蔭處，土地一片空曠。狗幫的成員肯定遠遠就能看見危險。萬一再次發生大咆哮，沒有任何巨樹或是大石會落下將他們困住。

地點再完美不過。他的同伴們在此生活將十分安全，他不會因爲離他們而去，再次成爲獨行犬而感到罪惡。

但他應該高興才是，爲何卻悲從中來？

黛西站在他的身旁發出低吠，並非抱怨，而是充滿了期待。低矮的太陽將一大片草地與河面染成金黃色。

「幸運！你認爲我們眞的能在此……」

「沒有問題的，黛西。」他輕聲說。

「你是指我們？」她一臉困惑。

他用不著回答，因爲布魯諾吃驚地望著眼前的景色，開心說道：「這地方實在太棒了！幸運，你眞是天才！」

「風景眞是美麗！」艾菲倒抽一口氣。

「而且有許多獵物。」貝拉與麥基走上前時，幸運指出，「這裡是獵食野鼠與兔子的絕佳地點。」

布魯諾興奮不已。「幸運！這意味地犬對我們的獻祭很滿意？」

幸運一時沒反應過來。「你是指主人的物品？呃，也許吧……」

「我認爲布魯諾說得沒錯，地犬因爲高興才會帶我們找到這裡！」艾菲說。

幸運也同意他們運氣好。「這地方完美極了，你們在此生活獵食肯定很快樂。更棒的是這裡安全無虞。」他疼惜地舔舔艾菲的鼻子，「我感到十分欣慰。」

「但是……」艾菲感到瞠目結舌。

布魯諾打斷他的話。「你該不是要離開吧？」

幸運眼神閃爍，擠出開心的口吻：「當然。這是計畫中的事！」

聽到這句話，大家接連發出哀嚎，把他嚇了一跳。

「你不能離開我們！」陽光哭喊著。

幸運舔舔她的頭。「我是隻獨行犬，習慣獨自生活。」

「但你也是狗幫的成員之一！」黛西發出嗚咽。

「不！你們不需要我！瞧你們已經成爲優秀的獵者，能夠自食其力，學會聆聽內在的狗靈——這是最重要的一件事。你們是一個團體，訓練有素的狗幫，如今找到完美的棲息地！」

「噢，幸運。」貝拉步上前，舔舔他的鼻子，在他面前嚴肅地坐著，凝視著他，尾巴緩緩拍打地面。

幸運感覺內心一沉。**拜託，**他心想。**求求你，貝拉，別試圖阻止我離開，我不忍跟你爭辯，尤其在我們為了生存歷經這一切之後……**

「別擔心。」她碰碰幸運的鼻子，「我不會跟你爭辯，但只請求你一件事，多陪我們一個晚上。」

「噢，好欸！」陽光大喊，「幸運，多留一晚。」

「求求你！」黛西露出懇求的表情，大家熱情吠叫，同聲附和。

「就一個晚上。」貝拉看似不願意讓他離開。「如果天亮你仍然執意要走，我們不會慰留你，我也一樣。」她豎起一隻耳朵，斜偏著頭。「這很公平，不是嗎？」

幸運嘆口氣，闔上眼。他知道自己不會改變心意，他的內心早有決定，就算等到明天也不會有任何改變。

多留一晚與狗幫同伴再次相互依偎入睡，重溫幼年時期與手足們相伴的溫暖難道不好？舒適溫馨的夜晚過後，他將重返過去的生活，享受自由自在、無拘束的獨居樂趣。這正是他一心想要、渴望的生活，而內在出現一個微小聲音哭喊著要他留下來，也將成為記憶的過往，成為模糊記憶裡接近死亡本能的呼喊。

「好啊，沒問題。但我有話在先，我不會改變主意的。」最後他開口說。

幸運躺臥著，頭枕在腳上，驚訝地望著眼前這個臨時成軍的狗幫竟在他周圍忙進忙出，在找回自信的貝拉的指導下，成爲一支有效率的隊伍。他們終於成爲一支像樣的狗幫，他的內心滿是感動。

艾菲與陽光被指派前往山谷撿拾乾燥的長草，河邊蔓延的卵石邊長了許多這樣的雜草。此時，他們蹲坐下來，氣喘吁吁，欣賞自己辛勤工作的成果。其他狗兒則把獵食的成果置於乾草上方——幸運禁止參與其中。

「你是我們的貴客！」黛西嚷嚷。

「讓我們藉此向你餞行。」貝拉默默說道。

這與幸運當初爲了讓他們學習獵食所以選擇在一旁觀看很不同，他感到十分彆扭，每回他想要挺身幫忙，布魯諾就會輕咬住他，不讓他動作。

「請靜靜躺臥等候，幸運！」

幸運只得照辦。他不得不承認，一旦放鬆下來，他留意到太陽高掛天空，清澈河邊樹影搖曳，耳邊傳來溪水潺潺的聲響。衆狗此時全都回返，麥基落在最後，嘴裡咬著一隻血淋淋的兔子，然後每隻狗一一將成果置於乾草上。

黛西害羞地放下嘴裡那隻軟爛的老鼠。貝拉抓到一隻兔子，瑪莎則是獵到一隻松鼠。布魯諾與麥基則是一起完成了一個艱難的任務，他們獵捕到一隻小鹿，此時擺放在中央最驕傲的位置。艾菲與陽光則抓回幾隻甲蟲，還拖了一些乾草回來。

大家將所有食物圍在幸運面前時，他的喉嚨一陣哽咽。貝拉步向前，彎下前腿，低垂著頭。

「這些獵物是獻給你的，幸運，感謝你為了我們做的這一切。請你先享用。」

幸運嘸了嘸口水。他從未見過這樣的場面，感到有些難為情，卻十分感動。出於跟主人相處時養成的習慣，他們為了感謝他，特別辦了這個儀式。他很喜歡大家舉辦這場餞行會的心思。

「吃吧，幸運。」陽光豎起白色的耳朵，充滿期待，「每種食物都各嚐一口吧！」

他順從大家的心意，走向滿滿的食物，優雅地咬起甲蟲，將它咬碎，吞下肚。陽光看見自己抓來的食物率先被挑選，非常高興，蓬鬆的尾巴開心地搖擺。

幸運朝每樣食物都小心咬下一口，帶著喜悅之情，咀嚼著。等到每樣食物都嚐過一口，其他成員才走上前，享用食物。不一會兒，他們全都興高采烈地大口吃下兔子、鹿肉與松鼠。

「你們成了獵者。」幸運停頓下來，吞下食物，望著大家，「你們對於獵食很有天賦，謝謝你們準備的豐盛大餐。」

「我們才要謝謝你呢，幸運。」瑪莎喃喃說道，「是你教會我們如何獵捕。」

最後，當他們吃飽後，彼此滿足地相互依偎，幸運不禁闔上眼，長嘆一口氣。貝拉如今再次躺臥在他的身旁，黛西趴倒在他的背上，陽光貼在他的脖子下方，麥基的後腿則舒適地壓在幸運的身體下方，就在他將要進入夢鄉之際，他感覺到他們微微抽動的身體。噢，他開心地想著，**麥基肯定夢到自己正在追捕那頭鹿……**

黑暗再次襲來，這次卻有所不同！

幸運感覺不像身處陷阱屋的圍籠，沒有任何東西將他困住，而是一片空茫的漆黑……以及發出怒吼，接二連三、向前狂奔的群狗。

狗兒們在暴雨中打鬥，至死方休——風暴之犬。

他拚了命轉身卻不見出口。爪子伸向他的背，怒吼時露出尖牙。一隻巨犬朝他衝撞，消失，再返回戰場。嗥叫聲與怒吼聲擾人。他只感覺到憤怒、痛苦與恐懼圍繞著他。瘋狂猛咬的尖牙咬住他的耳朵撕扯，痛楚穿透他的頭骨。

宛如天空之犬的最後一場戰役，幼時曾聽聞母親述說這天的到來。沒錯！正是這場戰役，它必然會發生——世界末日之戰。幸運身在其中，野蠻的戰士令他心生恐懼、退縮。

他見到了熟悉的面孔，貝拉，如此貼近他。發出尖聲吠叫宛如殺紅眼的巨型獵犬朝她的背部猛攻，襲擊她的喉嚨。不，他暗自叫喊，不，卻無法靠近她，無數的腳爪將他拉扯住。他還見到了甜心，跛了腿，奄奄一息，無法奔跑。刀鋒與短刀張大了嘴撕咬，卻也在見到黑壓壓一片大軍壓境之後震攝住。不見小黛西的身影，卻能聽見她的嗥叫聲從殘破的屍體下傳來。幸運束手無策，一點辦法也沒有！

他想要咬住黛西的項圈，但他的腳爪卻在水中無助地滑開……不，不是水，是溫熱、黏稠、暗紅色的鮮血不斷從他的腳掌流出，沾黏在他身上的毛髮。表面散發邪惡的光澤，宛如有毒的惡水。他受到驚嚇，感到震驚，腳底一滑，因此墜落。現在他滿嘴是血，嚐到金屬的氣味。齒縫也沾滿黏稠的鮮血，污穢不堪。他的雙眼則是布滿了血絲，觸目所及一片血紅。

幸運跳了起來，渾身顫抖，倒抽一口氣。他的心臟劇烈跳動，像要蹦出胸腔。整片天空與世界染紅一片，他彷彿尚未從駭人的噩夢之中醒來，嘴裡仍嚐得到血漬味。

最後，幸運才睜開眼，恍然大悟，外頭一片天光大亮。太陽犬打了個哈欠，伸展四肢，天空隨著他的醒來，染成橘紅色。

幸運的心臟依舊噗通噗通跳得厲害，無法壓制住心裡的恐懼。躺在身旁的黛西受到驚擾，滿臉狐疑伸伸懶腰，半起身舔舔幸運的嘴。

「幸運?你還好嗎?」

他看著黛西，一臉驚愕，接著鬆了一口氣。黛西沒死，她沒有壓垮在那些陣亡的戰士身體之下。她此刻安全地待在他的身旁。他舔舔黛西的鼻子作爲回應，滿心感激。

「我很好，黛西，只是做了……噩夢。就這樣。」

她沒必要知道細節，幸運心想。他自己明白就行——即使噩夢依舊揮之不去，身體出於恐懼而冰冷。

其他狗兒此時紛紛清醒過來，在美麗的朝陽中伸展四肢，彼此相互舔舐身體、打著哈欠。他們起身，甩開睡意，倏地記起天亮對他們與幸運來說意味著什麼。晨起的騷動安靜下來之後，大家全都難過地望著幸運。瑪莎走近他，蹭蹭他的臉。

「幸運，我們沒有你該如何是好？」她輕聲說。

幸運不讓自己有機會遲疑後悔，下定決心。

「你們不會有事！我必須照顧自己，不想拖累你們。」

「我不在乎呀。」黛西一臉難過說道。

「但是黛西，你們長得很快，成了強壯的獵犬，而且只會更加強壯。下回再見到你，你恐怕要一次獵捕兩隻兔子向我炫耀了！我保證我們會再見面，我會回來探望你們。」幸運使勁搖著尾巴，不願見到大家愁容滿面，口氣刻意顯得輕快。

黛西低下了頭，悲傷地嗚嗚說著：「噢，幸運，我會很想念你的。」

「我也是。」他心疼地對她說，「想想，不再受到我老是挑剔、欺負弱小，你應該高興！」他跳起身，搖著尾巴，繞了一圈，熱情嚷著。「你們難道不想要開心道別嗎？」

大家全都往他的身上跳，發出吠叫，朝他舔了又舔，向他道別。幸運也舔舔他們，開心叫喊，作爲回應，不讓自己沉浸在後悔之中。他絕不會改變心意，怎麼會後悔？他們沒有他，一樣可以過得很好，他獨自生活也一樣很快樂。

「布魯諾，再見，要勇敢、堅強。瑪莎，這附近有條河，你可以去游泳！黛西、陽光、艾菲，你們個頭雖小但志氣高，只要聆聽自己內在的靈魂，相信你們會比任何猛犬都更加兇狠！」他轉身面對麥基，接受他的鄭重道別，「麥基，你是偉大的獵人，好好教會他們獵食技巧！貝拉……」

他的妹妹走上前，緊貼著他的臉時，他一時說不出話。

「噢，幸運。我們又得再次分隔兩地？」她咕噥道。

「貝拉。」他的內心感到一陣沉痛，「至少，這次我們可以好好道別，不像幼時被迫分離。」

「那次分離永遠改變了你。」她輕聲說道。

「是啊。」他嘆口氣，「我一點都不感到遺憾，貝拉。我很慶幸自己擁有這樣的經歷。你知道，如果不是因爲被迫分離，我絕不會離開你。」

「我知道。」她舔舔他的耳朵，「我知道你與衆不同，你忠於自己，這樣很好，幸運，你幫了我們很多。感謝這段日子有你相伴。」

「不……我才要謝謝你們，讓我結識了許多朋友。很高興這一路上有你們爲伴。」這句肺腑之言連幸運自己都大感驚訝，內心不免因爲分離感到失落。

「再見，幸運。但只是暫時。」貝拉最後不捨地緊貼他的臉，然後往後一退。

幸運轉身離開，開心地發出嘷叫，將分離的痛苦深埋在心。「我們會再見面！祝你們好運、快樂！我會想念你們。」

在他改變心意之前，他迅速離開，奔下山，離開這個作爲家園的美麗河谷。他迅速奔跑，彷彿要越過那些回憶，他閃避樹叢，跳過傾倒的樹幹，沉浸在重獲的自由之中。

畢竟，再見並不意味永遠。他站在至高處，望向海洋以及另一頭的群山心裡這麼想著。世界比他所想的還要大。他知道這趟旅程最後將會把他帶向他們，到時候，大家對於獵食與一連串的冒險有許多聊不完的話題……

太陽犬的光芒灑落在森林的地面，有金色也有綠色，鳥兒隱身在枝椏間歌唱。一隻烏鴉在他面前盤旋，凝視著他，最後拍打著黑色的翅膀飛離，粗嘎的叫聲彷彿在問候朋友。空氣聞起來十分清新，充滿生命的能量。他熱愛森林，向來如此！這就是爲何森林之犬在他遭遇兇猛犬時，對他伸出援手，提供他靈機一動的小聰明。如今，他再次貼近森林之犬。

他將獨自生活，自在且快樂，爲自己獵食、爲自己而活。如同他向來熱愛的生活。

一隻松鼠急忙越過他的面前，幸運的突然出現令牠受到驚嚇，慌亂中迅速爬上最近的一棵樹。幸運開心吠叫，不急著獵食松鼠，因爲肚子還不餓。當這隻松鼠來到樹木的至高點，惱怒地朝他發著牢騷，幸運氣喘吁吁，大聲吠叫，純粹出於開心，接著轉身。

「下一回，等著瞧，松鼠！」他興奮說道。

突然，他怔住不動，舌頭還懶洋洋伸長著。**那是什麼聲音**？

他舉起一隻腳，轉身，充滿困惑。

他身後傳來發狂的嗥叫與呼喊聲，但他並非身在恐怖的夢境中，那聲音究竟是怎麼回事？

群狗發生爭執！

聲音來自他啓程的地點，相隔了一段距離。是狗幫的聚集地，他離開了他們，以爲那裡安全無虞。一陣怒吼的吠叫聲傳來，幸運豎起耳朵聽，他感到不寒而慄。這聲音並非猛犬，也不是出自他的同伴。

「這是我們的地盤！我們的家！我們的！」

幸運望著眼前枝椏間的烏鴉，牠也回望著他。他放眼綠意盎然的森林，如此充滿生命力，是獨行犬絕佳的獵食地點。

他卻一個轉身，返回來時的方向，奔跑過森林。時而跳過、閃躲落下的枝椏，朝向同伴而去。他們身陷危險，他們需要他，他必須前往救援。

現在！

當他齜牙咧嘴，做好迎戰的準備時，心裡只想到一件事……

他們是他的狗幫。
幸運的狗幫……
他們遭遇麻煩了。

待續……

國家圖書館出版品預編目資料

狗勇士首部曲. I, 倖存者 /艾琳.杭特 (Erin Hunter) 著 ;
盧相如譯. -- 二版. -- 臺中市 : 晨星, 2019.08
面 ;　公分. -- (Survivors ; 1)

譯自 : The empty city

ISBN 978-986-443-907-2(平裝)

874.59　　　　　　108011123

SURVIVORS
狗勇士首部曲之一
倖存者 THE EMPTY CITY

作者	艾琳・杭特（Erin Hunter）
譯者	盧相如
責任編輯	呂曉婕
校對	呂曉婕
封面插圖	萬伯
封面設計	鐘文君
美術編輯	陳柔含
創辦人	陳銘民
發行所	晨星出版有限公司 行政院新聞局局版台業字第2500號
經銷商	知己圖書股份有限公司 106台北市大安區辛亥路一段30號9樓 TEL：02-23672044 / 23672047　FAX：02-23635741 407台中市西屯區工業30路1號1樓 TEL：04-23595819　FAX：04-23595493 E-mail：service@morningstar.com.tw 網路書店 http://www.morningstar.com.tw
法律顧問	陳思成律師
初版	西元2013年10月15日
二版	西元2023年07月31日（二刷）
郵政劃撥	22326758（晨星出版有限公司）
讀者服務專線	04-23595819#230
印刷	上好印刷股份有限公司

定價260元
（缺頁或破損的書，請寄回更換）
ISBN 978-986-443-907-2